DREAMBOOKS

의원강호

기공흑마 신무협 장편소설

ORIENTAL FANTASYSTORY & ADVENTURE

장편소설

dream
books
드림북스

의원강호 12

초판 1쇄 인쇄 / 2016년 6월 16일
초판 1쇄 발행 / 2016년 6월 27일

지은이 / 기공흑마

발행인 / 오영배
책임편집 / 편집부
펴낸 곳 / (주)삼양출판사 · 드림북스

주소 / 서울시 강북구 도봉로 173
대표 전화 / 02-980-2112 팩스 / 02-983-0660
편집부 전화 / 02-980-2116 팩스 / 02-983-8201
블로그 / blog.naver.com/dreambookss

등록번호 / 제9-00046호
등록일자 / 1999년 3월 11일

ⓒ 기공흑마, 2016

값 8,000원

ISBN 979-11-313-0609-3 (04810) / 979-11-313-0216-3 (세트)

* 지은이와 협의하에 인지는 생략합니다.
* 잘못된 책은 구입한 곳에서 바꾸어 드립니다.

이 도서의 국립중앙도서관 출판시도서목록(CIP)은 서지정보유통지원시스템홈페이지
(http://seoji.nl.go.kr)와 국가자료공동목록시스템(http://www.nl.go.kr/kolisnet)에서
이용하실 수 있습니다. (CIP제어번호: 2016014674)

의원강호

黑貫公子

기공흑마 신무협 장편소설

ORIENTAL FANTASY STORY & ADVENTURE

12

dream
books
드림북스

목차

第一章
불명(不明)

한시가 바쁜 영철이었다.

그렇기에 그가 온 거다. 그가 가장 걱정하는 황녀를 두고도 움직인 이유는 시일이 급하기 때문 아니던가.

그런데 운현은 모든 이야기를 다 듣고, 동시에 황녀가 건네어 준 서찰까지도 읽어 놓고도.

"이틀의 시간을 주시지요."

"이틀이나?"

시간을 더 달라 말했다.

당장 출발할 수 있다고 생각했던 영철로서는 눈에 불이 들어와도 이상하지 않은 상황이었다.

"어째서인가? 당장 가지 않으면, 또 얼마나 많은 자들이 죽을지 모르는가?"

"알고 있습니다."

"알고 있음에도 그러는 이유가 대체 뭔가."

그가 보지 못하던 사이 운현이 변했는가?

다시금 운현을 살펴보는 영철이었다.

그가 황녀는 아닐지라도, 황녀의 호위무사이자 가장 측근으로서 운현을 살펴보려 하는 행위였다.

그에게는 그러한 행위조차도 중요했으니까.

다만.

'변한 게 없지 않은가.'

아무리 살펴보아도 달리 달라진 건 없었다.

그가 보기에 언제나와 같이 깨끗한 눈을 한 운현이다. 다만 달라진 거라고는 굳건한 의지 하나뿐.

전에는 상황에 맞춰 끌려 들어가기만 했다면, 지금은 자신이 상황을 이끌어 가는 눈이다.

허나 그런 눈으로 변했다고 해서 나쁜 것은 아니었다. 분명히.

'그럼 대체 뭔가……'

저런 눈을 한 자치고 깨끗하지 못한 자는 없다. 차라리 곧게 살다 죽으면 죽을 사람의 인상이다.

황실에 호위무사로 있으며 악의 구렁텅이와 같은 자들을 보았기에 그것을 더욱 잘 아는 영철이었다.

"이유가 뭔가?"

"준비할 시간이 필요합니다."

"많은 사람이 죽을 수 있음을 알겠지?"

"알고 있습니다. 다만 이 이틀의 준비 시간이 더욱 많은 자를 살릴 수 있을 거라 믿을 뿐입니다."

"하……."

　이틀. 이십사 시진.

　짧다면 짧은 시간인데도 촌각을 필요로 하는 이 상황에서는 결코 짧다 할 수 없는 시간.

　'어쩔 수 없음인가.'

　하지만 운현의 눈을 보고 있노라면, 절대 그 이하의 시간은 허락해 주지 않을 것만 같았다.

　냉정히 말해서 칼자루를 쥐고 있는 건 영철이다.

　하나 현실적으로 칼자루를 쥔 것은 운현이었다.

　그가 제대로 하냐, 하지 못하느냐에 모든 것이 걸려 있는 상황 아닌가.

　일이 잘못되어 운현이 비협조적으로 나왔다가는 그건 그거대로 상황이 좋지 못하게 흘러갈 수 있었다.

　'……그럴 사람이 아니긴 하지만. 이유가 있겠지.'

영철이 크게 한숨을 내쉰다.

전만 하더라도 한숨을 내쉬는 것조차도 수치로 여기곤 했던 그였다. 허나 황실에 있으며 그도 변해 왔는지도 모른다.

조금은 약해졌을지도 모를 일이다.

영철이 마음을 가다듬고서는.

"……알겠네. 다만 그 기간이 넘으면 우리도 힘드네. 그건 이해하는가?"

"이해합니다. 최선의 준비를 위함입니다."

"좋네. 내 방해하지 않고 기다렸지."

허락을 했다.

*　　*　　*

"안으로 모시지요."

"좋네."

방해를 하지 말라는 의미일까.

황실에서 온 그를 모셔놓고는 흔한 연회 하나 없이, 운현은 모처에 황실의 인물들을 들였다.

자신이 일을 함에 있어 그들이 있으면, 방해라도 된다는 듯한 행위였다.

"이거 이래도 되는 겁니까?"

"허 참……."

영철과 같이 온 무사들은 잔뜩 열을 올렸지만.

"되었네."

한참을 걱정하다가 운현에게 이틀의 시간을 할애해 준 영철은 별다른 말이 없었다.

"말씀만 주신다면야……."

"됐다고 하지 않은가."

"……알겠습니다."

별다른 말도 없이 그들이 괜스레 흥분을 할 때마다 말렸을 뿐이었다.

'지금은 그가 열쇠다.'

시일이 급함을 알렸다.

운현이 그것을 모를 리 없다. 그럼에도 시간을 달라 했으니 준다.

그로서도 조직을 이끄는 자니 시간이 필요했을지 모르지.

그도 아니면 치료를 위한 무언가가 진정으로 필요할지도 모르고.

'그러니 준다.'

그래서 시간을 줬을 뿐이다.

다만 그도 시일이 지났음에도 당장 출발하지 못함을 염려하기라도 하는 건지, 가만 있을 줄을 몰랐다.

좀이라도 쑤신 듯 이리저리 움직이기도 하며, 시간을 죽여 나갈 뿐이었다.

'이틀. 분명히 이틀이라 했다.'

끊임없이 이틀이라는 시간을 되뇌면서.

              *   *   *

영철을 보내자마자, 운현은 총관인 한울을 불렀다.

운현만큼이나 의명 의방의 대소사를 처리하는 데 도가 터 있는 한울 아닌가.

그를 부르는 건 자연스러운 수순일지도 몰랐다.

그걸 알고 있을 한울이다. 그는 어리석지 않으니까.

그런데도 운현의 집무실의 문을 열고 오는 내내 표정 관리가 되지 않았다.

걱정. 불안. 약간의 당황.

여러 가지 감정이 숨어 있는 채로 운현을 향해서 왔을 뿐이었다.

"왔는가?"

그러곤 운현의 말을 듣자마자 대뜸 물어 왔다.

"어찌하시려 하는 겁니까? 황궁의 분이 왔다는 건 역시 역병일 확률이 가장 높은 것이지요?"

"맞네. 원래 생각했던 대로네."

저 사람은 평소와 다르게 어찌 저린 큰일에서는 대범할까.

라고 생각하며 한울은 대번에 놀란 안색을 했다.

그도 예상은 했던 바이지만, 역병이 출현한 곳에 운현이 가야 하다니!

역병이 있는 곳에 환자가 있고, 환자가 있는 곳에 의원이 가야 함은 당연한 이야기인 터.

그러니 의원이자 신의로 불린 지 오래된 운현이 가는 것은 어쩌면 당연한 일일지도 몰랐다.

멀다면 먼 곳인 하남성에서 일어난 일이지만, 일이 장기화되면 언젠가는 가기는 해야 했다.

'하지만 언젠가였다.'

그 언젠가가 너무 빨랐다.

의명 의방 말고도 많은 의원들이 수두룩했다.

당장 하남 가까이에 있는 성들.

호북, 산서, 섬서, 안휘 같은 성들. 그 성 안에는 의원들이 없겠는가.

운현만큼은 아니더라도 유명한 의원들은 차고 넘쳤다.

아니, 운현만큼이나 유명한 자들도 꽤 많을 거다.

중원이라는 땅은 광활하다 할 만큼 넓으니까. 그들 가운데 성에서 이름난 의원이 없을 리가 없다.

불명(不明) 15

그런데도 황궁의 사람들이 운현부터 찾고 봤다.

당장 주변에 있는 많은 성을 두고도!

이 방문 자체가 의미가 있다 할 수 있었다.

'황녀님인가. 또…….'

운현을 꽤나 신뢰하면서도, 또 어떠한 정치적 이유로 운현을 불렀음을 한울은 분명히 직감할 수 있었다.

아니, 아예 확신이라고 봐도 무방했다.

그는 멍청하지 않았기에, 그 정도의 확신은 충분히 할 능력이 있었다.

"원래 생각에 두고 계셨다면…… 언제 가실지도 결정을 했겠지요?"

"물론."

"하기는 그러니 부르셨겠지요. 어찌하면 됩니까?"

다 준비가 되었다는 듯, 단호한 음성을 내뱉는 한울을 보고서는 운현이 웃음 짓는다.

만족스럽다는 웃음이었다.

좋은 수하란 한울 같은 자를 두고 말하는 것이구나 생각하며, 운현은 미리 작성해 놓았던 길쭉한 화선지 하나를 한울에게 건네었다.

화선지는 하얀 백지가 아니라, 빼곡히 글씨가 쓰여 있었다.

재밌게도 당장 먹이 마른 것처럼 먹 냄새가 진동하지는 않
았다.

'정말 예상하고 계셨던 건가.'

아주 오래전에 예상한 게 맞는 듯, 쓰인 것 자체가 꽤 된
듯했다.

그렇지 않았더라면 먹먹한 먹 냄새가 화선지를 잔뜩 채우
고 있었을 게다.

"그에 쓰인 것들을 지금부터 준비하면 되네."

운현의 말을 들으며 한울이 동시에 쓰인 화선지의 내용을
읽어내려 간다.

운현이 말을 함에도, 주군 되는 운현의 앞에서 다른 행동
을 하는 건 예가 아닐 수도 있는 터.

하지만 당장 그걸 이해 못 할 운현이 아니라는 것을 알기
에 신경 쓰지 않고 읽어 내려가는 그였다.

읽어내려 갈수록 한울의 눈이 크게 뜨여진다.

"……정말 오래전부터 준비하신 거군요?"

그가 오래전에 만들어 놓고 만 냉장고.

가끔 가다 항생제라 칭하는, 의방 내에서는 거의 만능으
로 칭해지는 약.

후에 조금씩 만들어 나가 상비약이라고 명명한 여러 환약
들.

그런 여러 가지가 빼곡히 쓰여져 있었다. 그리고 가장 마지막에 그를 놀라게 한 것은.

'한빙석.'

그래서 준비하라고 하신 건가.

의방의 자금이 어마어마하게 빠져나간 상황에서도 무리해서 몇 개의 한빙석을 얻어 구해 왔었다.

그걸 지금에서야 꺼내어 들려는 게 보였다.

'……하기는 기존의 것으로는 무리일지도 모르지.'

기존의 냉장고는 태양 빛을 양껏 받아야 했다.

그래야 냉동의 기능이 제대로 작용했다. 그게 기본 원리였다.

그래도 장인 한춘석이 그 뒤로 여러 번 개조를 통한 뒤에야 더욱 그 기능이 쓸 만해지기는 하였다.

하지만 지금 상태에서 이동을 한다면?

평지에서야 모르겠지만 산길이라든가 숲의 한가운데를 지나갈 때는 태양 빛을 제대로 받지 못할지도 몰랐다.

'어느 정도 예상은 했지만…… 지금이 될지는 몰랐군.'

지금처럼 움직여야만 할 때.

그때를 대비해서 미리 한빙석을 준비했을지도 몰랐다.

그 외에도 많은 것들, 과연 쓰일지 모를 만한 것들이 꽤 있었다.

"대체 이런 것들은 왜……."

"나중에 알게 될 걸세."

그에 대해 물어도 운현은 별달리 부연 설명이 없었다.

일을 시킬 때면 그 이유를 차분히 알려 주곤 하던 운현치고는 꽤나 단호한 태도였다.

그런지라 한울로서는 괜히 더 캐물을 수가 없었다.

"알겠습니다. 그럼 바로 준비를 하지요."

"그래. 부탁하네. 자네라면 잘할 수 있으리라 믿네."

"여부가 있겠습니까."

단순한 준비.

지금까지 했던 일 중에서 한울에게 이 일은 가장 쉬운 일일 수도 있었다.

그의 자신만만한 얼굴을 보며 운현이 고개를 끄덕인다.

"그럼 이만……."

업무를 다 마칠 시간.

'우진부터 봐야겠군.'

평소 같았더라면, 몸을 단련할 시간에 꽤나 열심히 움직이기 시작하는 한울이었다.

그리고 한울에서부터 시작된 부지런한 움직임은 자연스레 의방의 다른 사람들에게도 이어졌다.

모두가 함께 준비하기 시작하였으며, 그 준비에 발맞추어 바삐 움직이기 시작했다.

일사천리(一瀉千里)라는 말에 딱 들어맞게 모든 것이 착착 진행되어 가고 있었다.

* * *

인부들이 꽤나 많이 동원된다.

냉장고라 하는 물건 자체가 무게가 나가는 것도 나가는 것이지만, 귀한 것도 한몫했다.

감히 쉽게 들기에는 손이 잘 안 가는 게다.

이 귀물이라 하는 걸 잘못 망가트렸다가는 일이 터져도 크게 터질 수 있음이니까.

"그건 잘 연결해 보게나."

결국 그답지 않게, 꽤나 인자하게 설명을 하던 그가 터져 버렸다.

그는 바로 장인 한춘석이었다.

"그렇게 하면 안 되지! 거기는 그리 잇지 말고! 아, 거참! 그리 하지 말래두!"

근래 들어 그가 할 만한 것들은 소일거리뿐이지 않았던 가.

바쁘기는 했으나, 아이들을 위한 도구를 만드는 것이 주업이 된 지 오래였다.

때문에 운현이 유달리 찾아오지 않아도 별말을 하지 않았던 그다.

상황이야 어찌 돌아가든 간에 그가 하는 일은, 사람을 죽이는 물건을 만드는 게 아니라 사람을 살리는 물건을 만드는 것이었으니까.

그걸 계속 만들다 보니, 목탁을 만드는 장인이 스님보다도 더 불심이 깊어진다는 말도 있듯 그도 변해 갔다.

꼬장꼬장하기만 하던 인물이 좀 인자해졌달까.

"어허이!"

"잘해 보겠습니다."

"그리 말래도! 내 몇 번을 말해야 하나?"

"죄송합니다."

하지만 지금 당장은 맹수가 따로 없었다.

자신이 만들 귀물이 사람 고치는 귀한 곳에 쓰이는 건 고맙고, 보람된다. 그래서 꽤 참았던 거다.

하지만 그가 보기에 워낙에 어쭙잖은 손놀림으로 기물들을 옮기니.

'저래서야 가다가 망가지는 것 아닌가. 에잉……'

도무지 눈에 차지를 않는 거다.

하기야 누가 까다롭다 못해 까탈스러운 장인 한춘석의 눈에 차랴.

운현도 그를 데려와서 한참 실랑이를 벌이고서야 설득을
했던 걸 생각하면, 지금 모습은 무리도 아니었다.

"좀 더 꽁꽁 묶어!"

"예이!"

"그렇게 하면 문이 안 열리지! 비켜 보게나!"

결국 보다 보다 못한 그가 나서고 나서야 귀물인 냉장고
를 이고 갈 수레에 연결하는 작업이 끝이 나게 된다.

꽤 많은 양의 항생제가 이 안에 들어차 있는 터.

중요한 물건이긴 했으니, 그가 이러는 건 딱히 나쁜 일도
아니기는 했다.

"쯧⋯⋯."

수레 넷에 냉장고 넷.

의명 의방에 있는 냉장고 중에 반수가 실리고. 그걸 하나,
하나 열어 보고 살펴보는 한춘석이다.

끝에서부터 끝까지.

전부를 살피고, 또 살핀다. 그 안에 있는 물건이 그리 흔
들리지 않는 것을 확인하고 나서야 그제야 고개를 끄덕이는
한춘석이었다.

"다 됐군."

"그럼 옮겨도 됩니까?"

"어허. 마지막으로 주의사항은 들어야 하지 않는가!"

"네, 넵……."

그렇게 한춘석이 수레를 이고 갈 자들,

"자고로 이건 햇빛을 잘 받게 해야 하는데. 그 면적이……."

이통표국에서도 지원받은 표사들 몇 명을 끌고 일장연설에까지 나섰다.

무공도 익히지 않은 데다가, 몸도 성치 않은 한춘석이지만 그 기세가 보통이 아니어서일까.

"네, 넵."

이통표국에서 지원을 받은 표사들 전부 가진바 무공이 그리 낮지 않음에도 절절맨다.

한춘석의 꼬장꼬장함이 무인에게까지 먹히고 있는 게다.

"커흠…… 그러니까……."

그가 그렇게 계속해서 설명을 하고 있을 때.

또 한편에서는 다른 이들이 준비를 위해서 나서고 있다.

의명 의방의 무사들 중 핵심이나 다름없는 자.

중추가 되어 그들을 이끌고 있는 삼권호를 필두로 하여 왕정, 이중현, 인명석 같은 이들이 전부 모여 있었다.

다들 한 덩치씩은 하거나 그 기세가 보통은 넘는 자들이

지 않은가.

되려 삼권호의 경우에는 절정이 되고 나서부터 기세는 줄 어들기는 했지만, 권법을 익히며 키운 덩치는 그대로였다.

그런 자들의 수가 꽤 됨 직한지라 그들이 모여 있는 것만 으로도 무사들을 위한 대전이 꽉 차는 느낌이었다.

그 표정도 꽤 진지해서 누가 보았더라면, 악적모의라도 하 고 있지 않을까 생각했을 게다.

헌데 재밌게도, 이들이 하는 이야기는.

"그러니까 이번 일에는 우리가 핵심이란 말이오?"

"그렇지. 그러니 아이들을 가르칠 교두 수도 잠시 줄인 거 아닌가."

"흐음…… 애들 교육이 한참 중요할 터인데. 그냥 평소 의 방을 지키고 있는 자들을 보내면 안 되는 겁니까?"

"나도 그러고야 싶지만…… 아무래도 그건 그거대로 이어 져야 하는 모양일세."

"에잉…… 좋지 못하군."

"그건 그렇지."

자식 바보나 되는 것처럼 당장에 자신들이 맡은 애들을 걱정하고 있었다.

운현이 성정을 보아서, 고아가 된 아이들을 잘 이끌어 줄 만한 자들을 뽑지 않았던가.

그 목적에 딱 부합한 데다가, 벌써 오랜 시간 동안 아이들을 가르쳐서일까?

진짜 자신들이 아버지라도 되는 듯 아이들을 걱정하고, 가르치려 하는 무공 교두들이었다.

이런 교두들을 잠시나마 보내야 하는 아이들의 입장에서나, 교두들의 입장에서도 이번 일이 반가울 수만은 없었다.

"그래도 어쩌겠는가. 우리 아니면 안 되는걸."

"신의님 하나면 다 되지 않겠수?"

"그게 되겠나?"

"그것도 그렇소만…… 크흠. 좋지 않은데. 감이 별로."

전검을 멋들어지게 쓰는 왕정조차도 이번 일은 유달리 마음에 들지만은 않는 듯했다.

'다시 전장에 가는 냄새 같은데…….'

낭인으로 살면서, 전검으로 일정 경지에 도달한 그로서는 묘한 냄새를 맡아서일지도 몰랐다.

그 냄새의 정체.

그만의 감각. 오랫동안 낭인으로 뒹구는 자들이나 알 수 있다는 전장의 냄새였다.

피 터지는 싸움, 상대를 분쇄하는 미친 짓거리를 하며 전검을 익히다 보면 이런 냄새를 느끼는 자는 꽤 되었다.

그런 그가 맡기에 지금의 일은 병을 치료하러 간다는 거치고는 감이 좋지 않았다.

냄새가 지독했다.

전장에 닿은 게 아닌데도 지독하게 피 냄새가 느껴지는 기분이었다.

이 기분, 다행스럽게도 다른 자들 몇몇도 느꼈다.

아이들을 가르치는 인성을 떠나서, 낭인으로서 오래 뒹굴며 살다 보니 피 냄새를 맡을 줄 아는 자들이 몇 되는 거다.

그 덕분에 이들이 진지한 안색으로, 인상을 찡그리고 있었을지도 몰랐다.

"어허이. 감이 안 좋으니까 되려 우리가 가야 하는 거 아니겠소?"

"그것도 그러하지."

"신의님 혼자 위험한 곳에 둘 수도 없잖소?"

"커흠……."

아이들이 중요한 만큼 신의도 중요하다. 같이 뒹굴며 살아가는 의원들도 물론이었다.

그러니 전장의 냄새를 맡은 그들이 여기서 할 수 있는 최선이라고 하는 것은.

"거 손이나 맞춰 봅시다. 왜, 전에 연구한 거 있지 않소?"

"신의님이 주었던 거?"

"그것도 그거지만…… 그 진은 상당히 아직 익숙하지 못하고. 간단한 거부터 합시다."

"그럼 원형진?"

원형진.

원으로 하는 기본 진형으로 원을 쌓고 각자의 영역을 맡는 게 기본인 진이다.

군대에서도 많이 쓰는 것이지만, 서로의 내공을 상승시킨다거나 하는 요법은 딱히 없는 진이기도 했다.

그러니 그걸 들은 무사 중에 하나가 또 인상을 찡그린다.

그의 인상 자체가 그리 좋지는 못해서 그것만으로도 꽤 험악한 인상이 그려졌다.

우습게도 그 험악함에 쫄거나 할 자는 이곳에 아무도 없었지만 말이다.

"그건 너무 약하지 않소? 그래 가지고는 별 효용도 없지 않나?"

"손발을 제대로 못 맞춰서 엉키는 것보다는 나을 거요."

"크흠…… 그게 그렇긴 한데. 차라리 삼재진을 여럿으로 나누는 것도? 그건 꽤 연습했잖은가?"

"그것도 좋지. 그럼 한 번씩 다 해 봅시다. 귀찮긴 해도 그게 훨씬 나을 거요."

이들의 말을 가만 듣던 삼권호가 결국 정리를 한다.

"그럼 삼재진부터 하지. 가장 쉬운 것부터, 그다음 어려운

거까지 한번 정리해 봅세."

"이틀이란 시간이 부족하겠구먼……."

무사들.

아이들을 위하는 것이 그 기본이며, 어느덧 의방을 근간으로 두고 운현에게 충성하는 그들이 나섰다.

그들만의 준비로.

당장은 간단해 보일 만한 준비였으나, 후에 꽤 많은 도움을 줄 것들을 점검하는 행위인 터.

"바로 하지!"

몸을 움직인다.

서로의 방위를 정해서 점검을 하는 그들의 모습은 학사가 학문을 익히는 것만큼의 진지함이 충분히 배어 있었다.

그와 같은 시간, 의원들도 비슷한 방향으로 준비를 하고 있었으니!

第二章
유비무환(有備無患)

　의명 의방에 소속되어 있는 거의 모든 자들이, 이틀 후에 있을 출발을 위해 애를 쓰고 있을 때.

　"슬슬 움직여야겠군."

　하루를 마감하고도, 꽤나 시간이 지난 그때에서야 운현이 움직이기 시작했다.

　때는 벌써 축시(1~3시)를 향해서 달려가고 있는 터. .

　새벽녘이기에 보통 사람이라면 모두 잠을 자고 있을 그 시간에 조심스레 몸을 뺀다.

　'최대한 기척을 죽여 봐야겠지.'

　당장 의방 내에서 그의 주변으로 느껴지는 기척만 해도

둘이다.

첩자? 그런 간단한 것이라면 얼마나 좋았을까.

아마 황궁에서 나온 무사들이, 영철의 말이 아니더라도 지키고 있는 것이 분명하다.

운현이 무엇을 하는지 궁금하거나, 혹은 보고를 위한 것이겠지.

그들 나름으로서는 최선의 은밀함을 내보이고 있는 것일지도 모르나, 아쉽게도 운현에게는 먹히지 않았다. 시각으로서가 아니라 기로서 주변을 읽는 것이 더욱 쉬운 그였으니까.

차라리 이곳이 운현의 초행길이었다면 모를까. 의명 의방 자체가 그의 영역인지라 더 쉬이 걸린 것도 이유라면 이유였다.

'왼쪽으로 해서 쭉 빠져나가는 게 좋겠군.'

휘이이잇―

순식간에 몸을 날려서 의방을 빠져나가는 그다.

그 신법이 표홀하기 그지없어서, 움직이는 소리조차도 미세해도 너무 미세했다.

"……."

황궁 무사들은 그가 빠져나가는 걸 아는지 모르는지 제자리에 서서 침묵을 지키고 있을 뿐이었다.

빠져나온 지가 한참.

"······됐군."

당장 그의 기감에 걸리는 자가 없는 것을 몇 번이고 확인한 운현이다.

누구보다도 은밀하게 몰래 움직였던 그랄까.

그가 복면은 아니지만 얼굴을 가리는 데는 충분한 죽립을 한번 점검해 본다.

은밀하게 움직이면서 그가 향하는 곳은, 지금 이 축시라는 시간에도 어수선함을 잔뜩 보이고 있는 곳이었다.

밤이 되었음에도 밤이 아닌 곳.

홍등가.

이제는 적응을 할 법도 하지만, 운현으로서는 사는 세계가 너무 다른 곳이다.

"놀다 가요!"

"어머. 훤칠한 분이 다 오셨네."

이렇게 나온다면 좋아할 여느 남정네들도 있겠지만 그에게는 너무 다른 세계의 이야기랄까.

백면서생같이 굴려는 게 아니다.

여기는 그의 성격에 너무 맞지 않았을 뿐이다.

'적응을 하기는 해야 할 텐데. 여기만 힘들군.'

남이 들으면 웃을지도 모르지만, 운현으로서는 진정 그러했다.

그렇게 얼마나 걸어들어 갔을까.

'……저긴가.'

사내 하나가 보였다.

자신과 같은 죽립을 쓰고 있고, 왼발을 앞으로 내밀고 있다.

여기까진 좋았다. 평범했다.

옷은 또 화려하면서, 손에는 죽립에 어울리지도 않게 부채를 들고 있는데 그 모습이 꽤나 우스꽝스러웠다.

이런 일을 하면서도 자신을 드러내는 성격이라니.

'도무지 어울리지가 않는 자로군. 이곳에는……'

광대 같달까. 자신을 드러내면서도 동시에 드러내지 않으려는 그런 모습이었다.

하기는 이 시간에, 저런 자들이 어디 한둘인가.

여인들을 찾아서 들어왔음에도, 낮의 자신이 누구인지 알지 말았으면 하는 마음.

그러면서도 자신을 대우했으면 하는 마음 가운데에서 별의별 미친놈들이 다 나오는 게 이런 곳이다.

저런 자쯤은 그닥 이상하지 않게 보일지도 모른다.

그 증거로 이 주변에 있는 자들 중에서, 누구도 그를 신경쓰지를 않았다.

낮이었더라면 차라리 저자를 보고 흘끗흘끗 대는 사람이 더욱 많았을 터다.

참으로 재밌는 광경이었다.

운현이 그에게 다가갔다.

"……준비는 됐소?"

"아흠?"

술 취한 척인가. 바로 대답이 안 돌아온다.

'어쩔 수 없나. 낯간지러운데.'

운현이 주변을 휘휘 돌아본다.

저 사내는 자신의 꼬락서니를 즐기고, 그 이상으로 나아가고자 하는 거 같다. 하지만 운현으로서는 영 성미가 안 맞았다.

그래도 어쩌나. 미리 정해 둔 암어를 말하지 않으면 더는 나가지 않을 기세로 보이는 것을.

"후…… 밤과 낮은 결국 하나이니 그 밤이 결국 낮을……."

운현이 몇 번이고 망설이며 말하는 걸 보았을까.

아니면 암어를 팔 할 이상 말하는 데 성공해서일까.

"됐소. 우선은. 이게 중요한지라."

꽤 기시감이 느껴지는 말.

그 말을 남기고서는 죽립의 사내도 주변을 휘휘 돌아보기 시작한다.

이 상황이 어색해서 돌아보는 운현과는 다르게, 그는 목적이 있어 돌아보는 거였다.

누군가 있는지, 감시자는 또 생긴 게 아닌지. 꽤나 많은 눈을 의식한 듯 그가 주변을 돌아보는 행위는 꽤 오래 갔다.

'일은 제대로 하는 건지.'

결국 기다리다 못한 운현이.

"특별히 이상한 자들은 없소. 왼쪽에 셋은 그대가 데려온 자 아니오? 그 외엔 없소."

"어떻게 알았소?"

놀라기는.

죽립에 얼굴이 가려졌어도 놀라는 게 딱 느껴질 정도다.

"왼쪽의 셋은 티가 나는데도 끝까지 신경도 쓰지 않았으니까."

"커흠…… 감이 좋구려?"

"그렇다 치지요."

단순히 이걸 감이 좋다고 넘길 일은 아니지만, 사내는 어물쩍 넘어가고 싶은 듯했다.

운현으로서도 그런 건 당장 상관없었다.

중요한 건 죽립 사내의 태도, 복장 따위 같은 것이 아니었다.

"물건은?"

"확인은 됐소. 하나, 하나 확인하려면 시간이 걸릴 테고."

사내가 꺼내는 보따리는 꽤 묵직해 보였다.

그 크기도 작지만은 않은 것이 많은 것이 들어가 있을 게 분명했다.

"그 정도 신용은 있겠지."

"그런데 이걸 어디에 쓰려고 그러는 거요. 귀한 것들인데."

"말을 할 의무는 없는 것으로 아는데? 그쪽도 비밀이 우선 아닌가."

"커흠……."

괜스레 헛기침을 해 보인다.

은근슬쩍 정보를 얻으려고 했던 그로서는 거래의 선이라고 하는 걸 벗어나는 일이었다.

하오문에 부탁을 해도 얻기 힘든 것들을 얻어다 준 것은 고맙기는 하다.

'하여튼 이들 족속은 유용하기는 한데…… 이래서 계속 거래를 하기 힘들다니까.'

거래의 선을 종종 넘으려고 하는 건 꽤 좋지 못한 태도였다.

그렇다고 거래를 파투 낼 수는 없다.

당장 출발은 내일 아닌가.

이 많은 것들을 준비하는 건 운현이라고 해도 무리다.

괜히 완전히 믿기만은 힘든 이들에게 일을 맡겨서 이걸 가져오도록 한 게 아닌 것이다.

"물건이나 주시오. 대금은 여기 있으니까."

팔랑팔랑.

운현이 꺼내는 전표.

가볍고, 한없이 쉽게 찢어지곤 하는 거지만 누구에게는 목숨보다 중요한 액수가 적혀 있었다.

그 액수가 꽤 큰지라 사내의 눈이 제법 크게 뜨여진 게 죽립 사이로 느껴질 정도다.

돈에 놀라다니.

이 사람, 이런 거래에는 그닥 많이 나서보지 못한 것이 분명하다.

초보인가? 그럴지도 몰랐다. 어쩌면 연기일지도.

"……예, 예상보다 많구려?"

"대신에 지켜 줘야 할 게 많겠지."

운현의 정체. 그가 가져간 것들.

그런 것들을 되도록 밝혀주지 않았으면 하며 건넨 액수였다.

공짜로 이들에게 무언가를 넘길 만큼 운현이 바보는 아니었으니까.

차라리 하오문이었더라면, 어쩔 수 없이 하오문에 가담하게 된 자들을 위해서라도 돈을 더 줄지 몰라도 이들은 아니었다.

사내가 그제야 아차한 듯 정신을 차리고 변명을 해 본다.

"윗선에서도 신경을 쓰고 있는지라…….."

"그런가."

"우리도 우리 규칙이란 게 있잖소."

"그렇다면 이 전표의 액수는 못 주겠군."

운현이 품에서 꺼내었던 전표를 다시 집어넣으려 한다.

그제야 사내는 손사래까지 친다.

안 된다는 의미치고는 꽤 큰 품세였다.

"어이쿠. 이거 너무 성격이 급한 거 아니요?"

"급하지는 않네. 상황이 급할 뿐. 자, 어찌 생각하나?"

"평생은 이쪽도 힘드오."

됐다.

어차피 평생 이들이 비밀을 지킬 거라고는 생각도 안 했다.

이 이야기가 나온 것만으로도 나쁜 상황은 아니게 된다.

"반년."

"……그건 무리오. 이쪽도 보고 절차라는 게 있어서."

역시 반년은 무리였나. 그래도 가장 좋은 건 반년이긴 했다.

'하기는 어차피 소문이 나기는 하려나. 상관없을지도.'

최상은 아니더라도, 차상도 있는 법이다.

"그렇다면 사 개월."

"삼 개월까지만 될 거 같소."

"그럼 이건 마는 것으로."

사내가 몸을 굳힌다. 죽립 사이로 보이던 눈을 질끈 감는 게 보인다.

"삼 개월하고도 열흘!"

"흠…… 좋지 못한데."

"그 이상은 이쪽도 불가능하오! 사정은 서로 봐줘야지!"

"좋네. 그럼 삼 개월하고 열흘. 그걸로 만족하겠네. 받게."

운현이 건넨 전표가 그의 품에 들어가는 건 순식간이다.

소매치기라도 되는 듯 그 손놀림이 예사롭지 않았다. 절기라도 펼친 것처럼 매우 빠른 속도였다.

휘익.

운현도 사내가 건네어 준 보따리를 가볍게 받아 낸 것은 물론이었다.

품에 전표를 넣고 어깨를 쫙 편다.

이번 거래를 성사했다는 것에 만족을 하고 있는 듯 그 기쁨이 운현에게로까지 전해질 정도였다.

참으로 순간, 순간 변화가 다양한 사내였다.

'한 번쯤은 경고해 줘도 좋겠지?'

운현으로서도 좋은 거래였다.

이 정도의 물건들을 지금 당장 구해 줄 수 있는 건 이들밖에 없을 거다.

허나 운현으로서도 마음에 걸리는 바가 몇은 있었으니 그냥 넘어가는 건 또 도리(?)가 아니었다.

운현이 성큼 사내에게 다가간다.

"왜, 왜 그러오. 거래는 끝난 것으로 아는데……."

그 기세를 읽었는지 괜히 떠는 사내다. 역시 변화무쌍한 양반이다.

"설마……."

혼자 뭘 상상하는 걸까.

살인멸구? 죽여서 숨기기라도 할 거라고 생각하는가.

못할 것도 없지만 운현이 그리 막 되어먹은 이는 아니었다.

다만 살기는 조금 흘리기는 했다. 아니, 사내의 기준에서는 꽤 많이 흘리는 게 될지도 모르겠다.

"……자네 조직은 몰라도 자네가 누군지는 충분히 읽었다네."

"예?"

운현이 작게 전음을 날렸다.

주변 사내들은 읽지도 감히 듣지도 못하게 하도록.

그 전음을 들을 때마다 사내는 놀라 몸을 벌벌 떤다.

무엇을 들었던 걸까.

아주 짧은 시간이 지났을 뿐인데, 사내는 몇 년이라도 더 늙은 것처럼 지쳐 보이는 모습이었다.

귀해 보이던 섭선마저도 잠시 땅에 떨어트렸을 정도였다.

운현은 그 모습에 만족한 듯 고개를 끄덕인다.

"그만 가 보게."

"……알겠소이다."

"마음을 정리해야 할 거 같으면 먼저 가도록 하지."

벌벌 떨고 있는 사내를 두고서 운현이 움직이기 시작한다.

그가 어찌 되든 운현으로서는 만족스럽기만 한 상황.

움직이는 발걸음이 그리 무겁지만은 않았다.

'좋은 거래였다.'

오래도록 준비해야 할 것들을 얻었다.

어떤 가문의 귀물 중 하나이기도 해서 구하기 힘든 것도 소량이나마 얻었을 정도다.

이번 일.

역병의 치료는 분명히 길고 긴 여로가 될 게다.

그것도 혼자만이 아니라, 의원과 무사들을 데리고서 떠나야 하는 여로였다.

그러니 그로서는 최선의 수를 준비했다.

'완벽하다고 할 수 있을까?'

라는 물음이 그의 가슴을 때리고는 하지만, 완벽하기만한 준비가 어디 있겠는가.

다만 완벽에 가까운 준비를 했다고는 자부할 수 있었다.

그것에 만족을 하고 있는 거였다.

철저하리만치 준비를 했고, 많은 돈을 소모하기는 했지만 그 철저한 준비로 내 사람을 살릴 수 있다면 그것으로 되었으니까.

의방으로 다시 돌아가는 발걸음은 꽤 가볍기만 했다.

"어머?"

"아직 좋은 곳 찾지 못했으면, 여기가 좋으실걸요?"

밤의 여인들의 유혹조차도 가볍게 넘길 수 있을 정도였다.

목표.

그가 원하는 바를 이루었기에 취할 수 있는 가벼움이지 않을까.

해서 방심이라도 한 걸까. 긴장이 너무 풀어진 걸까.

생각지도 못한 일은 이런 때에 생겨나곤 하는 걸까.

"어디를 그리 급히 다녀오는 겐가? 밤이 깊었는데."

"아셨습니까?"

"조금은. 내일이면 출발해야 하니 나왔을 뿐이네."

영철이었다.

이번 일은 덮어주는 걸까. 그 뒤로 달리 말은 없다.

"그럼 들어가 보겠습니다."

"그러게나. 나는 좀 더 있다 갈 터이니."

운현이 물러난다.

영철은 하늘을 대신해서 운현을 바라본다.

운현의 뒷모습을 바라보는 영철의 눈이 빛나고 있었다.

신경이 쓰이지만, 달리 무언가를 할 여력은 없는 운현이었다.

안 그래도 밤이 짧다 느껴질 지경이었다. 영철에 신경을 할애할 만큼 신경이 남아돌지도 않았다.

'그도 그 나름대로 이유가 있는 것이니까.'

황궁에서 투입된 그로서는 운현이 무엇을 하는지 일거수일투족을 살피는 것도 일이겠지.

당장 운현이 그들 몰래 다녀왔다는 사실 하나만으로도 꽤 놀랐을 거다.

평소의 그답지는 않은 행동이니까.

'아무렴 어쩌랴.'

너무 무신경해 보일 수도 있지만, 운현으로서는 진짜 그런 심정이었다.

필요로 하는 건 그들 아닌가.

의원으로서 환자를 생각하여 가는 건 자신이지만, 굳이 가까이 있는 성의 의원들이 아닌 자신을 찾은 건 그들이다.

황궁의 요청을 거절할 생각도, 역모니 뭐니 하는 먼 생각까지 갈 필요도 없었다.

의원으로서 최선을 다하고 준비는 하지만 딱 거기까지다.

이 일을 맡아 성심성의껏 이리 준비를 하는 것도 그로서는 최선의 도리를 다하는 거 아닌가.

여기서 영철이 운현의 오늘 밤 사건으로 무어라 했다면, 그건 그거대로 문제가 됐을지도 몰랐다.

그걸 알기에 영철도 별말 없이 순순히 물러난 것일 게다.

'할 일도 많아.'

마지막 밤. 그로서는 봇짐에 있는 물건들을 정리부터 시작한다.

"이 정도면 되겠지."

적당한 정리.

자신에게 딱 맞게 준비를 하는 것으로도 한 시진이 지나가 버린다.

그래도 죽립의 사내가 태도는 엉성해도 일 처리 하나만큼은 제대로 해 준 듯했다.

물건들 자체가 귀한 것들이다. 괜히 큰돈을 들인 게 아니다.

이런 물건들이 잘못 정리해서 서로 엉킨다거나 하면 그건 그거대로 문제였는데, 나름 잘 정리해 놨다.

단지 운현의 방식에 맞게 정리하는 데 시간이 걸렸을 뿐이다.

정리된 물품을 자신이 가져가기 위한 봇짐에 따로 집어넣는다. 꽤 세심하게.

그것으로 오늘 밤의 바깥일은 끝이라 할 수 있었다.

"후우…… 정말 다 됐군."

꽤 유용하게 작용할 거다. 앞으로도 많이.

이것들이 그에게 구명줄이 되어 줄지도 모를 일이다. 아니, 확실히 될 거다. 그걸 위해서 한 일이니까.

'제발 일이 발생 안 하길 빌지만. 그건 내 망상이겠지.'

중요한 물건들이다.

그러니 한 번 시선을 더 주는 운현이었다.

봇짐을 한참이나 바라보다가 다시 또 할 일이 생겼다는 듯 움직이기 시작한다.

"보자. 그럼 다음은 서찰인가. 이것도 한참 걸리겠군."

작게는 자신의 아버지와 어머니에게 서찰을 써야 했다.

어머니에게는 자식으로서의 도리를 담는다면, 아비에게는 아쉽게도 자식 된 도리보다 다른 걸 담아야 했다.

일어나지 않았으면 하지만, 그의 예상대로라면 일어날 것 같은 상황.

그 상황에 대비해서 준비해야 할 것들.

그런 많은 것들을 세세하게 작성해서 써 본다.

'이것도 첨부해야겠군.'

미리 작성한 것도 있었던가.

금번에 작성한 것에 더불어 전에 작성된 것 같은 여러 서찰을 함께 껴 넣는다.

"좀 섭섭해하시겠는걸."

여럿을 껴 넣어서인지 어머니에게 드리는 것보다는 아비에게 주는 서찰이 훨씬 더 두껍게 됐다.

안 그래도 근래 공사가 다망한 그였지 않은가.

무당에 들어간 첫째와 둘째 형처럼 거리라도 멀었더라면 차라리 마음이 편했을 텐데.

일이 너무도 많다 보니 같은 현에 있는 데다 가깝기만 한 부모를 참 편히도 보지 못하는 그였다.

가까이 있는 자식인데도 되레 효를 다하지 못하는 느낌이었다.

'휴. 일만 끝나면 어디 좋은 곳이라도 같이 가는 게 좋겠군.'

아무런 일도 없었더라면, 그에게 주어진 짐만 아니었더라면 꽤 좋은 효도를 했을지도 모르는데.

내심 걸리는 바가 없지는 않은 운현이었다.

그래도 다시 꿋꿋하게 마음을 먹고서 다음 서찰을 또 써 보는 운현이었다.

얼마의 시간이 지났을까.

닫아 놓은 작은 창밖 사이로도 동이 틈을 알려 주고 싶은 걸까.

창 사이로 옅게 빛이 들어오기 시작하고 있었다.

애써 켜 놓은 등잔의 빛이 흐려졌음에도 그 빛 덕분에 시야에 지장은 없었다.

하기는 운현이 어지간한 어둠이 아니고서야, 시야에 어려움이 있을 턱도 없기는 하지만 말이다.

"많기도 하군."

그가 아래를 내려다본다.

수신인은 많아도 너무 많았다.

부모. 하연화. 돌아올 남궁미. 이곳을 또 지켜 줘야 할 한울.

전부 소중했고 꼭 필요한 자들에게, 많은 것들을 부탁했다.

　최대한 홀로 해내려 했던 그다.

　하지만 그의 몸은 하나가 아닌가. 어쩔 수 없이 여러 가지
를 남겨 놓았다.

　"눈도 못 붙이겠군."

　차라리 운기가 낫겠어.

　라고 생각한 그가 집무실 한편에 마련된 작은 공간에 가
서 운기를 행하기 시작한다.

　시간이 흘러간다.

　때는 묘시(5~7시)에서 진시(7시~9시) 사이.

　새벽녘이 지나 아침이 밝아오기 시작했고. 하나둘씩 사람
들이 깨어나 아침을 준비하기 시작한다.

　그날따라 의방은 더욱 북적북적하기만 했다.

　"다들 점검 한번 하라고."

　"알았네."

　오늘이 그들이 떠나가는 날이었으니까.

　부산한 의방 안에서 침잠해 있던 운현이 깨어났을 때쯤.

　그때가 의방, 황궁의 사람들 모두가 떠날 때였다.

第三章
먼 여정의 시작

호북의 남쪽 끄트머리에서 하남의 북쪽에까지.

성과 성이지만 실제로 가기에는 가깝고도 먼 거리였다.

북쪽에서부터 내려오는 역병이 속도를 더해 더 남쪽으로 내려온다면, 여정이 짧아지긴 할 거다.

남으로 내려온 병마와 금방 싸워야 할 테니까.

하지만 그건 운현으로서도 그다지 원하지 않는 바였다. 병마가 퍼지는 걸 원하는 의원 따위가 어디 있겠는가.

당연히 운현도 아니었다.

다만 그 긴 여정, 앞으로 시작되는 여정에 대한 작은 긴장감 정도가 느껴지는 그였달까.

'하남은 또 처음인가. 전역을 다 돌아다닐지도 모르겠군.'

호북성 제일가는 명의가 되겠다 생각했지만 큰 무언가의 흐름이 그를 가만두지 않는다.

태어나고 자란 호북을 어쩌다 보니 동에 번쩍, 서에 번쩍 돌아다니는 상황이었던 운현 아닌가.

호북성 내에서만 참 많은 일이 있었고, 그 일을 반쯤이나마 해결, 아니 수습이나마 해 둔 게 얼마 전이다.

그러곤 모든 걸 지키기 위해서 근래 들어 가장 오래 의방을 지키고서 발전을 시켰건만 벌써 또 떠날 때다.

그래도 다행인 점이 있다면.

"무슨 생각을 그리 깊이 하십니까?"

"아. 그저 의도치 않게 역마살 낀 듯 돌아다닌다는 생각 정도입니다."

"허허. 그러실지도 모르겠습니다."

이번에는 혼자만은 아니라는 점이었다.

삼권호를 필두로 하여 많은 무사들이 그를 따르고 있었다. 그들의 수만 하더라도 서른. 결코 적지만은 않은 수였다.

여기에 이통표국에서 투입해 준 표두 하나와 표사들 스물을 더하면 이 수는 더욱 많아지게 된다.

물경 무사들만 오십에 이르는 것이니까.

그들 사이로, 호위를 받으며 함께하고 있는 의원들의 수도 적지는 않았다.

삼십을 딱 맞춰 데려왔다.

이십 대에서부터 시작하여, 중년까지의 다양한 나이 대를 가진 의원들이다.

그래도 공통점이 있다면 하나. 어디 가서 명성은 올릴 수 있을 정도로 실력이 있는 의원들이라는 것이다.

또한 그들을 고르는 데 있어 운현의 입김이 들어간바 하나는 바로 무공 실력이었다.

모두 삼류다.

공수를 가를 줄 알고, 무공을 읽을 줄 알기 시작하는 이류에는 도달치 못했어도, 그걸로도 이들은 충분했다.

'한 번. 단 한 번이면 돼.'

운현이 그리고 있는 상황. 예상하는 상황에서 이들의 역할은 거의 절대적이다.

그러니 그들의 무공 실력을 두고 뽑은 건 어쩌면 당연한 일일지도 몰랐다.

그리고 그 가운데에 있는 것이 냉장고.

한빙석까지 넣어서 부족할 수 있는 효용을 채워 넣은 냉장고가 위용 있게 움직이고 있었다.

한춘석이 나름 신경을 써줬는지, 분명 튼튼하기만 한 수

레였던 것들이 나름의 멋을 뽐내는 중이었다.

안에는 운현의 의방에서 준비한 여러 것들이 함께 들어 있었다.

그 중요한 내용물보다도 어째 운현으로서는 그 모든 걸 안고 있는 수레에 눈이 갔다.

'하여튼 못 말리지.'

장인인 그의 성미상 자신의 역작이나 다름없는 냉장고가 허름한 수레에 끌려가는 건 용납하지 못했겠지.

아마 운현만큼이나 바삐 움직여서는 이리저리 손을 본 게 분명하다.

겉으로는 퉁퉁대기만 해도, 의외로 세심한 양반이다.

하기는 그게 또 한춘석의 매력일지도 몰랐다.

그렇게 무사, 의원, 거나하게 꾸며진 수레가 운현의 뒤로 움직이고 있다.

"저분들은 괜찮으시답니까?"

"아무렴. 그렇겠지."

"크흠. 아까 안 그래도 한바탕 하지 않았습니까."

"저들 입장에서는 당연한 일이니까. 융통성이 조금 낮더라도 이해하게. 그게 그들 미덕일 수 있지 않은가."

"그렇긴 하지요."

가장 선두에서 가고 있는 자들.

위엄 있어 보이려 하는 건지, 자신들의 힘을 보여 주고 싶은 건지는 몰라도 굳은 표정을 하고 있었다.

그들 모두 황궁에서 온 무사들이다.

황궁의 일을 명분으로 움직이는 것이니, 가장 앞서 움직이겠다 했지만 그게 아님을 여기 있는 자들은 잘 알았다.

'마음에 안 드는 거겠지.'

항상 사람들을 이끌거나 하는 쪽에는 자신들이 앞장섰을 터.

그런 상황에서 운현이 먼저 나서서 이번 일의 여로를 정한 게 바로 얼마 전의 일이다.

약간의 마찰이 있었다. 그게 마음에 안 들었던 거겠지.

여로의 시작에서부터 함께해야 할 터인데, 시작부터 약간의 파열음을 안게 되었달까.

그래도 그것만은 감수해야 하는 일이었다.

그 파열음을 그대로 안은 채로 이들 모두 움직이기 시작했다. 하남을 향해서.

*   *   *

'황녀가 있는 곳부터 들러야 한다는 건 말도 안 되는 일이지.'

그들로서는 사정이 있겠지만 환자가 우선인 운현으로선 그 말이 말도 안 됐다.

조금이나마 돌아가기보다는 바로 가는 게 하나라도 더 살리는 일이었으니까.

출발을 한 지가 벌써 열흘.

분위기는 전과 다르지 않았다. 여전히 딱딱했고, 파열음은 여전했다.

황궁 무사들은 말 한마디 없다.

영철조차도 다가오다가 이내 뒤로 물러나기를 반복한다. 그로서는 뭔가 할 말이 있는 듯한데 말을 하지 못하는 기색이다.

황궁 무사들 모두 표면적으로는 그를 따르지만, 안으로는 뭔가 사정이 있을지도 몰랐다.

그답지 않게 우물쭈물하는 태도를 보였으니 말이다.

그 모습에 일행 중에서 여간 눈치가 없는 무사들도 찔끔 고민하는 기색이 보인다.

서로 합심해서 움직여도 역병의 상황 앞에서는 어찌 될지 모른다.

그런 상황에서 같이 움직이는 자들이 이래서야 잘할 수 있을까 하는 생각이 드는 듯했다.

"괜찮겠습니까?"

"안 괜찮을 리가 있겠나."

삼권호가 아니더라도 다른 무사가 나설 정도이니 더 말해서 뭣하겠나.

"흐음…… 그래도 좀 뭔가…… 그래서……."

"걱정 말게. 더 커질 문제도 아니니까."

"알겠습니다. 그럼……."

결국 조심스레 말을 건네던 무사도, 자신의 자리로 돌아간다.

평상시 과묵한 성격의 무사가 이리 말할 정도라면 대부분의 사람들이 이 상황을 좋지 못하다고 느낀다는 소리였다.

분위기를 보아서 좋지 못하니, 조심스레 나와서 말을 꺼낸 거겠지.

운현으로서도 그들이 그러는 게 이해는 갔다.

자신에게 다가와 말을 건네던 무사를 떠나, 황실의 무사들도 전부 머리로는 이해가 갔달까.

그들이 하는 행동, 지금의 상태 모두 말이다.

'이해는 간다. 전생이라고 다를 바는 없었으니까.'

그들에게는 그게 당연한 거라고 익혀졌겠지.

무조건 윗사람을 보고, 그 윗사람에게 보고하고, 명령을 받는다.

꽤 자연스러우면서도 문제가 없어 보이는 말이지 않는가.

당장 상황이 어지럽게 돌아가더라도 자신들의 안위를 위해서는 그게 맞는 방식일 거다.

저들이 저러는 건 황녀와는 상관없는 이야기다.

황녀가 진심으로 이 상황을 자신들의 부덕이며, 자신들이 잘해야만 고쳐질 수 있는 거라고 여기는 것과는 전혀 다르달까.

결국은 황녀의 부덕, 감정이야 어찌 되든 자신들의 안위를 위해서 황녀에게 먼저 가는 게 당연하다고 여기는 걸 거다.

우선은 윗사람에게 보고를 해 놓으면 그 책임은 자신이 지지 않게 될 테니까.

황녀의 심성상 그때부터는 모든 것을 자신의 책임으로 돌릴 터이니 말이다.

그러니 황녀부터 보고 역병을 치료하러 가자는 소리가 나오는 거다.

'우습지도 않긴 하지. 영철 무사도 머리 아프겠군.'

운현이 슥 주변을 살펴본다.

그가 느끼기에 당장 영철은 여전한 표정이다.

굳건하고, 조용하며, 자신의 할 일을 해 나가는 모습. 전혀 달라진 게 없다.

문제는 그 옆에 있는 황궁의 무사들.

대체 무엇이 그리도 불만일까. 표정에 아주 불만이 가득하다. 저래서야 같은 일행인지, 적인지 헷갈릴 정도다.

'이유야 뻔하지.'

운현이 그들이 바라는 대로 해 주지를 않으니 저러는 거다. 그러니 저리 불만 있는 표정을 짓는 거겠지.

우습지도 않은 상황이라 느끼는 운현이었다.

저래서야 어디 제대로 일을 도모할 수 있을는지. 시작부터 이래서야 파열음이 커질 수도 있는 법이다.

'영철과 상의를 해야 할까.'

차라리 저들이 따로 황녀에게 보고를 하러 가게 해야 할까.

그도 아니면, 지금 당장에 이야기를 꺼내서 확실히 매듭을 짓는 게 나을까.

많은 생각들이 운현의 머리에서 오고 간다.

저들을 완전히 무시하는 건 힘드니 그 나름대로 방안을 마련해 보려고 생각을 해 보는 거다.

그런데 역시 답은 내려지지 않는다.

결국 고민보다는 이야기라도 해 보며 풀어 보는 게 답.

고뇌하고 있는 영철에게 전음을 날리려는 찰나.

'음?'

운현의 귀가 쫑긋한다. 뭔가 있다. 분명히 그리 느꼈다.

'착각인가…… 아니, 그럴 리가 없군. 예상은 했다만 조금 이르지는 않나.'

저쪽도 무리를 하는지 모르겠구나 라고 생각하며 운현이 손을 들어 올렸다.

모든 손가락을 붙이고 손을 올리며 동시에 주먹을 꽈악 쥔다.

미리 정해진 신호다.

멈춰 서 동시에 대기를 하며, 주변을 경계를 하라는 신호였다.

의방의 사람들은 모두 그 신호를 알았다.

주의가 산만하여 살펴보지 못하던 자들도, 다른 이들이 운현의 손짓을 가리키자 금세 자신의 자리를 찾기 시작한다.

짐을 한가운데 놓고, 의원들이 그걸 둘러싼다.

그 곁으로 더 많은 무사들이 의원들을 둘러싸는 상태가 된다.

그러곤 무사들끼리 미리 짜놓은 연계가 있는 듯 몇몇씩 짝을 지어서 기본적인 진의 형태를 만든다.

둘러싼 상태로 몇몇이 모이니 뚫린 공간이 보이기는 한다.

그래도 그 틈이 결코 뚫릴 거라고 보이지만은 않았다.

무사들끼리 미묘하게 맞춰진 느낌이 든다.

'진을 연습하더니. 나름 해낸 건가. 나쁘지 않군.'

무사들이 맞춘 진은 삼재진을 기본으로 한 응용인 듯했다.

권, 검, 창을 쓰는 자들이 여럿 서로 조화를 이루어서 맞춘 느낌이다.

많은 대련을 하고 서로의 무공에 대해서 잘 알고 있으니 저리 맞추는 것만으로도 효율은 극으로 올라가 줄 거다.

물론 구파일방에서 쓰는 진에 비해서는 하염없이 좋지 못한 진일 수도 있었다.

그래도 몇 달 훈련을 받은 병사도 진을 갖추게 되면 하나의 강력한 군대가 되기도 하지 않는가.

평생 무를 닦은 무사들이 저리 호흡을 맞추는 게 효과가 전혀 없을 리가 없다.

'좋아. 이 부분은 생각 이상이로군.'

모두가 자세를 잡고 긴장된 얼굴을 하자 그제야 황궁 무사들도 무언가 이상함을 눈치챈 듯했다.

운현이 이끄는 일행의 앞서 말을 몰며 나아가던 그들 중 일부가 뒤를 돌아본다.

자기들끼리 무언가 소곤대더니, 이내 영철이 앞으로 다가온다.

그가 황궁 무사들의 대표이니, 대표답게 그가 가장 먼저 다가오는 게다. 다른 이들은 작은 파열음 때문에라도 괜히 꺼림칙해서 올 리가 없었다.

둘 사이의 거리가 점차 좁혀지려는 찰나.

"조심하시지요. 암습입니다!"

운현이 외친다.

"암습?"

"당장 채비부터 하시지요!"

영철이 고개를 갸웃한다.

하지만 이내 그도 분명히 느꼈다. 운현보다는 늦지만 그
도 무사니 안 느껴지던 기척을 늦게서라도 느낀 것이다.

운현의 주의가 없었더라면 그마저도 못 느꼈을지 모르지
만, 어쨌든 중요한 건 그도 바로 알아들었다는 거다.

'거리가 좁혀지고 있다.'

운현이 막 그런 생각을 할 찰나.

차아앙—

모두 검을 빼어 들고서는 주변을 살피기 시작한다.

황궁 무사들도 미리 준비해 놓은 합이 있기라도 한 듯, 금
세 자세를 갖추었다.

역시 공으로 황궁 무사가 된 건 아닌 듯 알아채는 건 늦었
으나 자세를 잡는 건 또 금방이었다.

말에 있으면서도 무언가 형태를 그려내는데, 그 모습이 예
사롭지 않았다.

황궁의 무사들답게 말을 탄 상태에서도 구사할 수 있는 어떤 진이 있는 듯했다.

'신기하군.'

운현도 그들을 살피며 의방 일행과 황궁 무사들 그 중간에 자리를 잡는다.

얼핏 위험해 보일 수도 있는 모습.

하지만 의방 무사들로서는 이미 들은 바가 있었기에, 달리 말을 하지 않았다. 이미 아는데 놀랄 것도 없었달까.

다만 영철은 그게 아닌 듯했다.

당장 영철의 전음이 날아온다.

[위험하지 않은가!]

운현의 체면을 생각해서 육성으로 외치지는 않지만, 그의 다급함은 전음임에도 충분히 들어가 있었다.

[괜찮습니다. 본래부터 이리 약속되었습니다.]

[약속이라니! 이래서야 위험하지 않은가. 자네가 가장 중요한데!]

[걱정 마시지요. 이래 봬도 제 몫은 하니.]

[여기서 무슨 일이 일어날 줄 알고!]

역시 황궁 무사들 중에서 제대로 된 자는 영철밖에 없구나 생각하며 답을 하는 운현이었다.

운현으로서는 별달리 걱정도 없는데 영철은 그 사이 참으로 많이도 변한 듯했다.

다급해하기도 하고, 걱정도 있고, 또 다른 한편으로는 왠지 모르게 약해진 모습도 보인다.

본래부터 황궁 출신이기는 한 그다.

하지만 근래에 황궁에 있으면서 무슨 고생을 하며 사는 건지 사람이 조금은 의지가 약해진 느낌이다.

의방 일행을 이끄는 운현을 걱정하는 거야 이해는 가지만, 조금 심한 감이 있었다.

주위도 환기시킬 겸. 또한 제대로 집중도 하기 위해서 운현이 마지막 전음을 날린다.

[곧 옵니다.]

[크흠…… 대체 이리 위험을 자초해서 어쩌려고 하는가. 내 나중에 듣겠으이!]

전음이 끝나기를 기다리기라도 했다는 듯 일단의 무리들이 쏟아지기 시작한다.

"왔다!"

"모두 개진!"

"의원들은 조심하쇼."

모두 복면을 했고, 그 속도는 양민이라면 가늠하기 힘들 정도로 빨랐다.

암습은 실패했더라도, 선공의 묘리는 살리겠다는 듯 그

기세가 보통은 넘었다.

어떻게 해서는 이번의 기습을 성공하여 운현의 무리를 막겠다는 필사의 기세가 넘치고 있었다.

낮임에도 검게 칠한 검과 무구들을 들고 있는 그들.

자신들의 애병이나 다름없는 것들이지만 암습을 위해서 최선을 다해 준비를 했다는 소리다.

'왜 하필 낮인가.'

라는 의문은 잠시 접어 두는 운현이었다.

그러곤 그들이 선공의 묘리를 이용해서 기세를 잡기 이전에, 운현이 먼저 쏘아져 나갔다.

저들이 선공에 성공해서 기세를 잡게 하느니 운현이 먼저 그들의 '맥'을 끊기 위해서 나아간 것이다.

'크게 한 방이 좋겠지. 저들처럼.'

모습을 드러낸 수십의 무사들에게 달려 나가는 운현. 그에 놀라는 표정을 하는 영철. 잠시 움찔하는 복면인들!

그 모두가 당황을 할 때에 의방 사람들만이 운현을 믿음직하게 바라볼 뿐이었다.

콰앙!

그리고 이내 이어지는 부딪침! 폭음!

전투가 시작됐다.

'검보다는 권이 낫겠어.'

당장 검의 예리함을 빌릴 필요가 없어 보였다.

베어서, 상대를 깔끔하게 상대하는 것이 운현의 성격에 가장 잘 맞을 테지만 지금은 아니었다.

기세를 얻어야 할 때는 때로 잔인함이라 하는 것이 가장 잘 먹힌다.

해서 검을 뽑아드는 게 아닌, 권으로서 상대를 그대로 내리찍는다 마음먹었다.

그 모습이 너무도 위태로워 보여 영철이 걱정을 했겠지.

허나 영철의 그런 생각도 운현이 날린 일권을 보는 순간 쏙하고 들어가 버릴 수밖에 없었을게다.

고오오오오─

초식도 아니다. 특별한 묘리가 있는 일권도 아니다.

그럼에도 파괴력은 충분했다.

주먹에 기류가 돌기 시작한다. 주변의 공기를 전부 분쇄할 듯하다.

'됐다.'

지금이라 마음먹은 순간 일권을 내뻗기 시작한다.

영약을 밥처럼 만들고, 연구하고, 먹고, 씹고 하여 만들어 낸 무지막지한 내력.

그것이 주변을 전부 갈아 버릴 듯한 기세를 내뿜는다.

운현의 기세를 돋우어 주고, 그 기세가 그의 옷자락을 나부끼게 만들어 버릴 정도였다.

그 상태 그대로 뻗어진 일권이,

콰즈즈즈즈즈즉——

처음 운현의 일행에 부딪치던 복면인 둘. 그들에게로 쇄도한다.

가장 먼저 맞은 자. 뼈가 으깨진다. 으깨진 뼈가 반대편의 가죽을 찢고 튀어나온다.

튀어버린 뼈에 옆에 있던 복면인이 부상을 당했을 정도다.

"크악……."

그로서는 생각지도 못한 기습에 맞은 셈이 되었겠지.

하지만 그 정도로 자신의 불운을 탓하기에는 그의 바로 뒤에 있는 자의 상태가 좋지 못했다.

뼈째 튀어나오는 정도가 아니라, 그대로 완전히 곤죽이 되어 버렸다.

부상을 당해 비명을 지르는 복면인보다도 더욱 처절하게 죽어버렸다. 비명을 지를 새도 없었으니까.

와즈즈즉. 와즉.

사람 둘을 으깨고 곤죽 내는 걸로도 부족했는지, 남은 뼈마저 뼈째 으깨 버리는 소리가 난다.

흡사 전부가 분쇄되는 듯한 소리에, 황궁서 온갖 일을 겪었던 영철마저도 멈칫해버릴 정도였다.

같은 아군이라 다행이라고 생각하는 일부 의방 무사들까지 있을 정도였다.

그야말로 단 한 방.

그 한 방에 기세를 바로잡은 운현이다.

더 이상 그들은 기습의 묘를 살릴 수 없었고, 그것으로 그들은 이미 반 수, 아니 한 수는 밀린 것이나 다름없었다.

'바로 간다.'

일전이라면 가책이라도 느꼈을지 모르겠다.

하지만 지금은 다른 운현이었다.

가책을 느끼기는커녕 자신의 사람들을 하나라도 더 지키기 위해서 쉴 틈 없이 바로 몸을 날렸다.

기습? 아니다.

콰앙—

일부러 진각을 밟아, 거대한 굉음을 만들어 냈을 정도였다.

순식간에 몸이 쏘아져 나간다. 엄청난 속도다.

일부 사람들은 운현의 그 속도에 그의 형(形)을 놓쳐버릴 정도였다. 어지간한 일류 무사이지 않고서야 눈으로 좇기도 힘든 상황이었다.

"위다!"

"늦었다."

그대로 쏘아진 운현은 위에서 아래로 내려오고 있었다.

그대로 내려서면서, 밟은 복면인의 머리.

쾌즉—

머리가 으깨진다.

땅을 울리는 굉음을 내는 진각을 맞고도 살아남을 사람은 없었다. 그 귀한 금강불괴 정도는 되어야 겨우 살 수 있을 터다.

아쉽게도 머리가 으깨진 자는 그 정도의 실력에는 도달하지 못했다.

그저 억하는 순간, 고통도 느낄 새도 없이 뇌가 곤죽이 되어 죽었다는 것에 감사해야 할 거다.

그나마 고통이 없게 죽었으니까.

"욱."

하지만 그 광경은 분명 보기 좋은 광경은 아니었다.

낭인들이야 괜찮은 상태지만, 무공을 이제 겨우 아는 의원이나, 황궁의 경험 없는 몇 무사는 토악질이 나올 정도였다.

뇌수가 튄다는 것.

어쩔 수 없이 그리 반응을 할 수밖에 없는 장면이었다.

복면인들이 계속 튀어 나오는 위험한 상황임에도, 그것을 신경 쓰지 못할 만큼의 광경!

하지만 그 광경을 만듦으로써 주어진 효과는 확실했다.

"웃⋯⋯."

"⋯⋯."

기세 좋게 나서던 그들. 복면인.

그들의 발길이 자신들도 모르게 멈췄을 정도였다.

'본능이겠지.'

훈련을 받아 본능을 죽이고, 무슨 일이든 간에 후퇴는 용납되지 않는 훈련을 받았을 터였다.

그럼에도 그들이 멈춰 설 수밖에 없었던 것은 압도적인 힘 때문일 거다.

흡사 맹수를 바로 앞에 마주한 토끼가 멈춰 서는 장면과 같달까.

그들은 마치 거대한 호랑이가 바로 앞에 대고 콧김을 내뿜는 듯한 두려움을 느꼈을 거다.

일인이 수십의 복면인을 상대로 마주하고도 일절 밀리지 않는 상황. 아니, 되려 양떼 속에 들어간 늑대라도 된 양 운현이 그들을 오시한다.

굳어 있는 그의 표정.

쿠웅—

어느샌가 땅에 발을 디딘 그가 다시 진각을 밟는다.

단순히 진각을 밟고 한 걸음 나아갔음일 뿐임에도, 그들 모두가 움찔한다. 그것으로 기세는 이미 정해졌다고 봐도 무방했다.

아니, 기세 정도가 아니라 이미 제압이 돼 있다.

그래도 그들이 어디선가 몰래 받았을 훈련이 잘못된 것은 아니었던 걸까.

"쳐라!"

"죽여야 한다!"

"우와아아!"

아까보다는 훨씬 못한 비명을 내지르며 다시 달려들기 시작한다.

좋아서는 결코 아니었다. 진정으로 자신들의 목숨을 건 것이라 느껴지지도 않았다.

악다구니다. 아니 악바리라 해야 하나.

저들은 무언가 어쩔 수 없는 상황에 내몰리고 있었다.

'달라. 너무 달라.'

이미 많은 자들을 상대했던 운현이다. 암중조직과 그는 이제는 떼려야 뗄 수 없는 상황이라고 할 수 있을 정도였다.

그들이나 운현이나 서로가 익숙하지 않을 수가 없었다.

그런데 그런 운현이 보기에 저들은 그 암중조직과는 뭔가 다른 느낌이 난다. 그러면서 동시에 익숙함이 느껴진다.

익숙함이 느껴지면서도 익숙하지 않다니.

말도 안 되는 모순과도 같은 소리. 하지만 그걸 실제로 느끼고 있다.

기감이라 하는 건 단지 느끼는 것에만 국한되는 것이 아니라, 때로 사람의 감이라는 걸 강화시켜 주기도 하는 법.

그런 그가 보기에 너무도 이상하다고 느껴지는 상황이라니.

확실히 뭔가 이상했다.

허나 그렇다고 해서 더 물러나거나, 고민할 시간이나 상황은 아니었다.

'끝을 보자.'

잠시의 망설임은 촌각이었을 뿐.

자신들의 병장기를 꼬나 쥐고 달려드는 복면인들을 향해서 운현의 몸이 쏘아지기 시작한다.

아까와 같은 기세로!

모든 것을 깨부순다는 듯, 발로는 진각을 밟고 손으로는 묘리도 없는 우직하기 그지없는 주먹을 크게 내뻗으면서!

모든 것을 부수고, 으깬다. 분쇄자 그 자체가 되기라도 한 듯.

호기신의라는 이름이 아니라, 사파의 어떤 무사처럼.

"크아아아아악."

"악!"

흡사 살귀가 된 것처럼 모든 복면인을 홀로 상대하기 시작하고 있었다.

第四章
무엇이 그를

'대체 무슨 일이 있었단 말인가.'

'말도 안 되는…….'

운현과의 대련, 경험, 익숙함.

여러 가지 이유로 가려져 있던 운현의 진면목, 실력이 드러나는 장면이었다.

수십의 복면인을 상대로 홀로 날뛰던 운현.

인정사정없이 적들을 분쇄하던 운현이 멈추기 시작한 것은 복면인들의 숫자가 십여 명 정도 겨우 남았을 때였다.

그 정도쯤 되니.

"으…… 으으. 대체……."

몸을 떠는 복면인도 나와 버렸을 정도였다.

사람을 죽이러 와서 기습을 펼친 주제에, 몸을 떠는 모습이 우습기만 하지만 실제 그러했다.

허나 그 사람이 우습다고 해서 웃을 자는 여기서 아무도 없었다.

다들 정신머리는 정상이었으니까. 미친 자가 아니고서야 이 상황에서 웃을 자는 아무도 없을 거다.

상대가 자신도 모르게 공포에 절여져 버린 상태.

남아 있는 자들도 살아는 있으나, 더 이상 제대로 된 전의는 불태우지 못하는 상태가 만들어졌다.

'반쯤 됐군.'

이제 정리가 좀 되자, 운현이 그제야 호흡을 한 번 골랐다.

그러고는 그대로 그들을 향해 바로 쏘아졌다.

또 죽이겠는가?

아니. 운현은 살인귀도 아니고, 살인에 맛 들린 미친놈도 아니었다.

자신을 필요로 하는 자, 자신이 지키는 자들을 위해서 필요에 따라 잔인해지기로 마음을 먹었을 뿐.

그렇다고 해서 그 자신이 아예 변하지는 않았다.

미치려면 진즉에 미쳤을 거다.

다만 필요 때문에라도 더 나설 수밖에 없었다. 여러 환난만 아니었더라면 그도 이렇게 변하지는 않았을 거다.

'저들은 많이 달라. 알아낼 수 있는 게 많을 수도 있겠어.'

그 변화에 작은 쓸쓸함을 느끼면서도 운현은 멈추지를 않았다.

그대로 전진해서는.

"크아아악!"

가장 먼저 손이 닿은 자의 팔을 꺾었다. 정강이를 내력을 한껏 돋워서 쳐버린다.

순식간에 한 사람이 팔다리를 한쪽씩을 잃어버린다. 치료를 한다면 살 수야 있겠지만, 중상은 중상이었다.

당장 전투불능.

그가 그대로 쓰러진다. 팔다리를 잃은 채로.

"크으으."

"차라리 죽여!"

남은 자들을 상대로 주먹을 내뻗기 시작한다. 발을 뻗는다.

처음 운현에게 팔다리를 잃었던 자들과 똑같은 모습으로 만들기 시작한다.

하나, 둘, 셋…… 여섯. 열.

남은 복면인들 모두가 당하는 데는 일각의 시간이 걸리지도 않았다.

"……크흡."

거침없는 손길로 복면인을 상대하던 운현이 멈춰 선 때는 단 한 번.

필패(必敗)를 예상하고서는 자신의 기혈을 역류시켜 버린 복면인.

지금까지 모든 복면인을 이끌던 자가 한 줄기의 핏물을 입으로 역류시킬 때였다.

'그래서는 안 되지.'

잠시 멈칫했던 운현이 순식간에 쏘아진다.

그러곤 그에게로 튀어 나가, 지금까지 했던 주먹질, 발길질이 아니라 전혀 다른 행위를 하기 시작한다.

굳은 얼굴, 빠른 손놀림, 이건 흡사.

'살아야지. 아직은 안 돼.'

치료와도 같은 행위.

어쩌면 너무도 독할 수도 있는 행위다.

독해지기로 마음먹고, 다시 무림에 발을 들인 운현이기는 하지만, 그가 이 정도의 독기를 내뿜을 거라곤 누구도 예상을 못 했을 터였다.

운현의 주도로 상황은 빠르게 정리됐다.

끙끙거리는 자들의 혈을 짚어 출혈을 멈추게 하고, 고통을 줄여주는 등의 일부터가 바로 이뤄졌다.

사람을 살리기 위해서 하는 의료 행위라고 보는 자는 당장 여기서 없었다.

우선은 살리되, 그것이 아픈 자들을 위한 마음에서 우러나온 것이라기보다는 필요에 의한 것처럼 느껴졌다.

적어도 여기에 있는 다른 이들은 충분히 그걸 느낄 수 있었다.

뒤늦기는 했지만,

"제가 돕겠습니다."

의방 사람들이 와서 운현을 돕는다.

당장 운현이 보인 모습이 평소와 다를지라도, 이해를 하는 거다.

운현이 그리 변해야 할 이유를 알고 있으니까.

다들 이런 것에 놀라서 충격을 받기에는 그동안 먹은 나이가 아깝지 않은가.

금세 정신을 차리고 온 거다.

그렇게 열댓 명 되는 사람들을 전부 수습했다.

다들 처참한 상태이기는 해도, 적절한 조치 덕분에 당장 죽을 위기는 없어 보였다.

"끄으…….."

작은 신음이 거슬리는 자들. 상태도 좋지 못한 자들이 여럿.

그들을 보는 운현의 눈이 작게 찡그려진다.

과한 것이 아닌가 싶기도 하지만 어쩌랴.

기세를 잡고, 강하게 밀어붙이지 않았더라면 부상자는 자신의 의방 사람들 중에서 나올 수 있었다.

그러니 오래전 그날 검을 빼어 들기 이전의 자신처럼, 망설임 따위는 없어야 했다.

지켜야 하니까.

단지 그에게 당장 걸리는 점이 있다고 한다면.

'일부 아쉽군.'

그들을 이끌던 자. 복면인들 중의 장은 아쉽게도 살려내지 못했다.

기혈을 끊어냈다고 하더라도 그의 선천진기를 이용하면 애써 살려낼 수 있을지도 모르거늘.

그자는 살 의지가 전혀 없었다.

조금이라도 그런 의지가 있었더라면, 그는 충분히 살 수 있었다.

그랬다면 생각보다 많은 것을 얻어낼 수 있었을지도 몰랐다. 아니, 얻어냈겠지.

전에 비해서 많은 것을 얻어낼 방법은 수두룩하니까.

지금 당장만 하더라도.

"괜찮은가?"

"문제없습니다."

운현만큼이나 인상을 굳힌 채 다가오는 자들. 황궁 무사. 금의위나 동창에 소속된 자들.

저들이 있음으로 인해서 더 많은 정보를 얻어 낼 수 있을 거다.

금의위든 동창이든 간에 그들이 정보를 얻기 위해서 쌓아 놓은 여러 비법들은 감히 운현이 따라가기 힘들 정도일 게 분명하니까.

황궁 내의 정적, 모반을 꾀하는 자, 불순한 자들.

그런 자들을 잡아내기 위해서 만든 것이 동창이나 금의위라고 봐도 무방할 정도이니 더 말해서 뭣하랴.

상황은 꽤나 처참한데, 시간을 두고 하릴없이 여러 잡담을 나누던 영철이 결국 본심을 꺼낸다.

"이들은 우리가 처리해도 되겠는가?"

"처리는 괜찮습니다. 허나 정보는 같이 들었으면 합니다."

"허흠……"

운현의 당당한 태도에 황궁 무사들 중 하나가 헛기침을 해 보인다.

마음에 안 든다는 표시겠지.

하지만 운현이 안색을 그대로 굳히며 그를 바라보자, 슬금슬금 눈빛을 피한다.

운현에게 기세에서부터 눌린 거다.

황궁 무사가 이런 식으로 의원에게 밀린다고 한다면 놀림감이 되겠지만, 여기서 그런 놀림을 할 자는 아무도 없었다.

운현의 무위가 어느 정도인지를 알고 있는 덕이다.

"크흠…… 그럼 좋네. 단 약조는 해 줘야 하네."

"약조라면 무엇인지요?"

"여기서 본 방법을 어디 가서 말하지 않을 것. 이게 가장 중요하네. 어떤가?"

"……물론입니다."

역시 이들은 다른 이들보다 많은 정보를 얻어낼 방법이 있는 게 분명했다.

"시간이 많지 않으니 바로 실행하지."

"명!"

영철의 눈짓에 황궁 무사들이 일사불란하게 움직인다.

과연 황궁 무사는 무사인지, 그 움직임이 재빠르기 그지없었다.

모두 자신이 할 일을 알고 있는 듯했다. 누군가는 주변을 가리는 천을 친다.

또 누군가는 운현과 의원들이 살려 놓은 복면인들을 분류한다.

어떤 방식으로 분류하는 것인지는 몰라도, 기준점이 확실히 있는 듯 그들의 몸놀림에는 거침이 없었다.

죽은 자들마저도 무언가의 기준으로 분류를 하는 게 특이할 정도다.

'신기하군…… 법의학과 비슷한 건가. 흐음.'

운현이 그걸 호기심 어린 눈빛으로 보고 있으려니.

"자네는 되어도, 다른 이들은 물려주는 것이 어떤가?"

영철이 다가와 꼼꼼하게 명령을 내린다.

부탁의 어조이기는 했지만, 그리해야만 앞으로의 일이 이뤄질 것은 충분히 알 만했다.

"그러지요. 다들 물러나게나."

"예!"

의방 사람들도 모두 눈치는 있는지라, 운현의 말에 자연스레 물러나기 시작한다.

운현이 걱정되는 듯 한 번씩 일견(一見)하기는 하지만, 딱 거기까지였다.

현실적으로 여기서 그들이 나설 수 없다는 것도, 나선다고 해서 얻을 수 있는 것도 없다는 걸 알기 때문이리라.

그들로서는 자신들의 자리에 돌아가, 황궁 무사들과 운현이 일을 마치기를 기다리는 게 최선이었다.

얼마 뒤.

모두 물러가고, 일사불란하게 움직이던 황궁 무사들이 전부 멈춰 선다.

"다 되었습니다."

"좋군. 그럼 시작을 해 보게나."

영철의 명이 이어지자, 황궁 무사 한 명이 복면인들 중에 하나를 데려다가 혈을 풀어 버린다.

그 모습에 운현도 자신도 모르게 눈살을 찡그린다.

'뭐지. 흠……'

정보를 알아내야 하니 아혈을 풀어내는 것은 이해가 가나, 다른 몇 개의 혈까지 풀어 버리는 건 이해가 안 갔다.

"보기 좀 안 좋을 수도 있네."

"안 좋은 꼴 많이 봤습니다. 아시지 않습니까?"

"하하……"

영철이 헛웃음을 지어 보이고서는, 계속 시행하라 손짓을 한다.

그러자 황궁 무사가 풀어버린 몇 개의 혈을 포함해 여러 혈에 재빠른 손놀림을 더한다.

'저런 방식이라니. 처음부터 살릴 생각은 없었는지도 모르겠군.'

혈을 찍어내는 건 이해가 간다.

하지만 혈을 찢어버리다니!

혈을 찢는다는 건 운현으로서도 생각해 보지 못한 것이었다.

혈이 찢겨서야 잘해야 불수, 보통은 죽음 아닌가. 애써 목숨이 이어지더라도 그것도 그리 좋은 삶이라고는 할 수 없을 터였다.

저래서야 운현이 부상을 입히지 않았어도 저들은 죽을 운명일 것이 분명했다.

'예상은 했지만…… 내가 남을 뭐라 할 입장은 아니겠지.'

하기는 운현도 손을 독하게 쓰지 않았는가.

황궁 무사들로서는, 자신들을 공격하는 건 곧 황궁에 대한 반란이라고도 생각하는 자들이 다수다.

그런 자들에게 있어서 저런 잔인한 방법이라고 하는 건 당연한 것일지도 몰랐다.

일상이라고 말을 해도 과함이 없을지도 모를 정도였다.

운현이 깊게 평가를 내리고 생각을 하는 동안에도 꽤 익숙한 손놀림으로 그걸 지속한다.

그러자.

"흐흐……."

기혈이 찢어지고, 운현이 입힌 부상 때문에라도 상태가 좋지 못한데도 복면인이 되려 웃는다.

일부 황궁 무사가 복면을 벗겨 드러난 얼굴을 그려대고, 그 특징을 기록함에도 걱정이 없어 보이는 눈이었다.

"헤헤헤. 좋군!"

아직까지도 일부 혈이 찢어지고 있는데도 웃다 못해 행복하다고 말을 할 정도다.

괴이한 일이다.

분명 그런 괴이한 상황이 그려졌는데도 황궁 무사들은 계속해서 자신의 할 일을 이어갈 뿐이다.

그러곤 다 했다는 의민지 혈을 찢고, 찍고를 반복하던 무사가 고개를 끄덕인다.

그제야 또 다른 황궁 무사가 나서기 시작한다.

"이름은?"

"헤헤…… 몰라. 말하면 안 돼."

"해도 된다. 나라면 믿어도 돼."

"너얼? 흐으…… 그런가?"

"그래. 자아, 이름이 뭐지."

"김…… 김…… 음…… 안 되는데……."

그도 자신의 할 일이 정해져 있는 듯 상태가 이상해진 그를 이용해서 아주 작은 것에서부터 정보를 얻기 시작한다.

'말이 안 나오는군.'

꽤 체계적인 모습이었다.

전생을 겪었던 그로서는 묘하게 익숙한 모습이기도 했다. 직접 겪어 보지는 못했더라도 전생에선 간접적으로 겪어 볼 수 있는 방법이 많았으니까.

"금방이면 될 걸세."

"그러겠지요. 남은 자들의 수도 많으니 말입니다."

"그러네. 그럼 조금만 기다려 보게나."

영철도 막상 일을 시작하니.

아까 전까지만 하더라도 굳어서 운현을 바라보았던 것을 잊어버리기라도 한 듯 일에 집중을 할 뿐이었다.

고문. 아니, 고문이라 해야 할지 모를 그 무엇.

그것은 전투의 시간보다도 더 길게 이어지기 시작했다.

운현이 살려 놓은 자들에게서 하나씩, 하나씩 정보를 듣고 조합하고, 작게나마 무언가를 얻어내고 있으니 시간이 자연스레 걸릴 수밖에 없었다.

몇 시진이나 지났을까.

한낮이었던 시간은 이미 밤이 된 지 오래가 되었다.

낭만이 있는 자는 그 모습이라도 즐길 터다.

상황이 이러니, 더욱 아름다움을 뽐내려는 건지 크게 떠버린 달도 즐길 만한데 아쉽게도 여기서는 그런 모습을 즐길 자가 아무도 없었다.

황궁 무사들은 몰라도, 풍류를 즐길 줄 아는 의방 의원들도 아름다운 광경을 두고 감히 즐길 생각을 못 할 정도였다.

황궁 무사들이 천으로 가려 직접 그 광경을 보지는 못해도, 들리는 소리 일부에 끔찍끔찍 놀라는 게 그들로선 최선이었다.

그 안의 광경.

"크으으으......"

"헤헤."

일부는 고통스러워하고 또 일부는 아직 웃고.

또 반수는 이미 죽어 버린 지 오래.

그런 처참한 광경의 한가운데, 황궁 무사와 운현이 잔뜩 녹초가 돼서야 모든 일이 다 끝났다.

일을 행한 무사들 모두가 모여서, 주섬주섬 그동안 얻은 정보를 조합해 낸다.

그러곤 그걸 고운 종이에 꾸려서는.

"여기 있습니다."

"고생했네."

영철에게 건네어 준다.

어찌 보면 금방 해낸 일이라 할 수도 있었다. 그들 방식으로 고문하고, 정보를 얻어 조합해 내는 데 겨우 몇 시진이 걸린 거니까.

'세 시진쯤 되나.'

그런 세 시진쯤을 몇 명이나 되는 무사들이 할애를 해서인지 영철에게 건네어진 종이는 꽤 두툼했다.

그걸 진지한 눈빛으로 읽기 시작하는 영철이다. 그리고 다 읽고선 묻는다.

"읽어 볼 텐가?"

第五章
사방팔방(四方八方)

 복면인들을 처리하고, 정보까지 얻고 난 자리.

 그 자리는 완전히 더러워져서는 당분간 사람이 있을 곳
은 못 됐다.

 의방 사람들의 도움으로 임시로 처리를 하기는 했지만,
어쩌면 그 자리에 너무 못 볼 꼴을 만들어 버렸달까.

 모르긴 몰라도 원한 서린 자리 같은 게 될지 모를 일이
다.

 자신이 한 일도 있겠지만, 황궁 무사들이 한 일도 만만치
않았으니까.

 복면인들이 원한을 가지고 구천을 떠돈다고 해도 할 말

이 없을 정도다.

물론 그 복면인들이 그동안에 한 짓은 또 다른 많은 원혼을 낳은 지 오래겠지만 말이다.

해서 그 자리를 수습하고, 밤이 늦어 왔음에도 발길을 더 재촉했다.

마을까지는 당도를 하지 못하는지라 관도 주변에 있는 쉼터를 하나 찾았다.

관도를 지나가곤 하는 표국 사람들이나, 보따리 상인 정도가 쓸 만한 그런 쉼터였다.

그곳을 급히 정리하고 쉴 만한 곳을 마련했다.

그 가운데에 타오르는 모닥불이 어둠만 가득한 곳에 빛이라는 걸 가져다준다.

"안 들어가십니까?"

"좀 있다 들어가겠네."

체력을 보충을 이유로, 혹은 운현 자체가 의방에서는 중요하기에 그에게 불침번을 시키지는 않았다.

하지만 그로서는 당장 잠이 들 만한 상황이 아니었다.

"밤이 찹니다. 신의님께 할 말은 아니지만, 몸 보중을 하셔야지요."

"조금만…… 있다 가지."

"커흠. 예. 옆은 저희가 지켜드리지요!"

"하핫. 부탁하겠네."

의방 무사들 중 하나가 들어가서 쉬라는 듯이 안 들어가냐 묻는 말에도, 쉽게 반응하기 힘들 만큼의 상황이었다.

의방 사람들에게 무공을 가르치고, 실력을 끌어 올리고, 여타 많은 준비를 한 그다.

많은 부분을 예상했고, 최악의 상황을 예상해서 오기는 했다.

복면인들의 공격도 사실 언젠가는 올 거라 여겼을 정도였다. 자신이 가는 걸음걸음이 쉬운 적은 단 한 번도 없었으니까.

그런데 그들이 꽤나 일을 복잡하게 벌인다.

'대의를 말하면서 돈으로도 꼬신다라. 대체 진정한 목적이 뭔지 알 수가 없군.'

마지막에 자살을 한 자. 복면인들의 장이었던 그.

그는 분명히 지금까지 상대를 한 이들처럼 대의를 위해서 자살도 할 수 있는 자인 것이 분명하다.

하지만 대다수의 복면인들은 그게 또 아니었다.

일부는 대의를 위한 자들 중에 하날 수 있겠지만, 대다수는 사파무사 혹은 낭인이었다.

황궁의 무사들이 알아내기로,

'돈으로 끌어들였다 했지.'

떠돌이나 다름없는 무사들.

개중에서 실력이 좀 되는 낭인들을 돈으로 사서 부렸단다. 아주 오랫동안이나.

운현이 그러했듯, 무슨 수를 써서 실력을 좀 높여 놓고서는 쓸 만해지자 이번 일에 투입을 한 셈이라나.

정말로 우습지도 않은 일이다.

"흐음…… 낭인이라."

자신의 의방을 지키고 있는, 아니 당장만 하더라도 옆을 지키고 있는 무사도 낭인 출신의 무사다.

그런 무사들을 무시하는 건 아니지만 대부분의 정파인들은 그닥 인정을 하지 않는 자들도 많았다.

제대로 된 문파가 없고, 돈을 위해서는 때로 하지 말아야 할 일도 서슴지 않고 하는 자들이 많으니까.

이번에 죽인 자들도 그런 부류일 거다.

돈이 된다고 하니 우선은 무슨 일인지 몰라도 끼었을 거다.

그 돈에 대한 대가로 오늘 목숨을 잃어버리게 되기는 했지만, 실제 그런 일이 비일비재(非一非再)하기는 했다.

분명 그들이 있음으로 인해서 무림이 이어지는 법임에도 실제 무시를 당하는 데는 그런 이유가 컸다.

무림의 한 축을 담당하면서도, 무림인으로서가 아니라 사람으로서 하지 말아야 할 짓을 하곤 하니까.

'이번 자들을 변호할 생각은 없다. 그래도 분명 좋지는 못하군.'

대의를 위한다고 자살까지 불사하는 자들만으로도 머리가 복잡하다.

그래도 근래 준비를 하면서도, 마음 한편으로 작은 안심을 하기는 했다.

적어도 호북에 있는 자들은 쓸어버리다시피 했으니 호북 내에서는 문제가 없을 거라고 봤달까.

그런데 당장 출발한 지 얼마 되지도 않아서 공격이 들어오지 않나.

그것도 대의를 가진 자만이 아니라, 그 외의 다른 자들을 동원해서!

이걸 달리 해석을 하면 저들은 대의를 위한 자를 제외하고도 많은 자들을 써먹을 수 있다는 이야기가 된다.

'잘하면 사파 쪽도 신경을 써야겠어. 그때의 그 일도 있고.'

문득 남궁미와 함께 호남성 쪽에 갔던 게 생각난다.

그러곤 더 멀리 가서 처리를 하고 오기도 하지 않았나. 그 모든 일들도 대의를 말한 그들과 관련이 있을 수 있는 일이다.

'중원 전체를 뒤지게 될지도.'

불안한 예감이 음습하게 다가온다.

모닥불의 작은 빛에만 의지를 해서 그런가.

괜히 조금은 불안해지는 마음이 들기도 한다. 하지만 이
내 다시 마음을 굳게 먹는다.

'내가 흔들려서는 안 되지. 더는 안 돼.'

많이 흔들려 본 그였기에, 더 그래서는 안 되는 것을 알
고 있기 때문이리라.

허나 마음은 굳게 먹는다고 하더라도, 잠시 작은 기척을
놓치는 것까지는 그도 어쩔 수 없었을까.

"괜찮은가?"

"아…….."

영철이 다가오도록 눈치를 채지 못하고 멍하니 모닥불을
보고 있던 운현이었다.

뒤늦게나마 수습을 했다. 다시금 정신을 곧추세우고서
답한다.

"괜찮습니다. 시간이 늦었습니다. 벌써 축시는 되었을
텐데 안 주무시는 겁니까?"

"하핫. 나이를 먹어가니 밤잠이 줄어가더군."

농이다.

운현이 진지하니, 그걸 풀어 주고자 왔을지도 모를 일이다. 아니면 다른 어떤 용무가 있을지도 모르고.

　운현도 그걸 받아 줄 생각이다.

　"아직 그런 말씀을 하시기에는 젊으시지요. 이제 막 중년이래도 그런 말씀 하시면 큰일 납니다."

　"그런가?"

　"그렇지요. 제가 아부는 떨지 못하더라도, 거짓을 말하지는 않지 않습니까."

　"그래. 그건 그러하지. 하하. 오랜만에 좋아지는 기분이군."

　실제로 영철은 중년의 나이에 가까워졌다고 하더라도 그게 거의 티가 나지를 않는다.

　잘해야 삼십 대 초중반 정도로 보인다.

　황궁에서 온갖 일을 겪으며 고생을 하기도 했지만, 무공을 닦은 게 크게 작용했으리라. 아니면 타고난 동안이거나.

　"……."

　"……."

　한동안 아무런 말도 없는 채로 멍하니, 둘 모두 모닥불을 바라본다.

　운현으로서는 그에게 뭐라 할 말도 없었으니 말을 하지 못할 뿐이었다. 영철은 먼저 찾아왔음에도 이야기를 안 꺼낼 뿐이었고.

그러다 먼저 말을 꺼내는 쪽은 역시 영철이었다.

"자네 많이 변했더군?"

"변했다라. 그렇게 보였습니까?"

"그래. 솔직히 그랬네. 처음 봤을 때와는 많이 달라졌으니까."

처음 봤을 때라. 그때의 이야기를 할 줄은 운현으로서도 몰랐다.

'감상적이게 됐군.'

언제나 황녀가 먼저이고, 황실을 위해서 움직이는 영철 아닌가.

처음 그를 만났을 때도 그런 모습을 분명히 느꼈었다.

그런데 지금의 모습은 그것과는 거리가 먼 느낌이다.

운현의 변화를 이야기의 서두로 꺼내긴 했지만, 그치고는 꽤 감상적인 이야기라고밖에 할 수 없었다.

황실을 위한 이야기는 결코 아니었으니까.

자신을 불태우며 타오르는 모닥불의 마력 덕분으로 굳건한 영철마저도 단단한 마음이 조금은 여리게 변한 걸지도 모른다.

그도 아니면 그동안 그가 겪은 일이 워낙에 많아서, 그렇게 보이는 걸 수도 있고.

영철은 지금의 시간을 한껏 즐기려는 듯 눈을 한 번 감았다가 뜨고는 모닥불을 가만 바라본다.

"처음 봤을 때 자네는 참으로 순진했네. 대단하기도 했지. 언젠가는 위로 또 올라갈 느낌이기도 했고."

"과찬이십니다."

"아니네. 이대로 쭉 가다가는 언젠가, 내가 존대를 해야 할, 아니 잘 보여야 할 날이 올 것 같지 않은가? 하하."

"그리 봐주시니 감사하다 하겠습니다."

꽤 영양가 없는 대화.

그래도 괜히 이런 대화를 하고 보니 운현도 마음이 편해지는 느낌이다.

"내가 젊었을 때 황녀 전하는 어렸지. 뭐 지금도 많으신 나이는 아니지만 그때는……."

시간이 지나며 이야기는 계속해서 이어진다.

생각지도 못한 이야기. 주아민도 실수를 할 때의 일. 황후가 병이 걸리기 전까지는 행복했던 황녀. 그런 여러 이야기들.

자기 삶보다는, 황녀를 중심으로 이야기만 하는 영철의 모습이 일견 구슬퍼 보이기도 했지만 그걸 운현은 가만 들어줬다.

'대체 왜인지는 모르겠군…….'

그렇게 이야기를 들어가며 편함을 느껴가는 운현과 영철.

황궁의 무사로서의 영철. 신의로서의 운현을 잠시나마 놓았달까.

잠시지만 둘 모두 여태까지의 복잡한 상황에서 모든 것을 놓고, 마음을 놓을 수 있는 기분이었다.

어느 날 밤의 일이었다.

*   *   *

그리고 그 어느 날 밤.

쿠우웅. 쿠웅. 쿵.

밤이 깊어 닫혀져 있는 의명 의방의 문을 급하게 두드리는 일단의 무리들이 있었다. 바깥의 외문이었다.

의방을 지키는 문지기들조차도 외문은 그대로 닫아만 놓고 있는 채였던 터.

반응이 좀 늦었기는 하나.

끼이이익.

굳게 닫혀 있던 문이 그 거대한 두드림 소리를 듣고 조심스레 열린다.

빼꼼 고개를 내미는 문지기. 의방 무사였다.

그리고 그 의방 무사는 생각지도 못한 자의 방문으로 눈을 크게 부릅뜰 수밖에 없었다. 덤으로 꽤 당황을 했다.

"총관…… 아니 그…… 아니 총관님?"

"호홋. 여전하시네요. 전 총관이라고 하세요. 차라리."

"네, 넵."

이곳을 떠나갔던 그녀, 제갈소화.

그녀가 달리 기별도 없이 의명 의방을 찾아온 덕분이다.

그것도 이 늦은 시간에!

"그나저나 무슨 일이십니까?"

당황을 해서인지, 자신의 할 일을 제대로 하지 못하는 무사였다.

"한울 총관님에게 기별을 넣어주시겠어요? 예정보다 빨리 오긴 했지만, 무슨 일인지는 알 테니까요."

"어이쿠. 옙! 제가 실수를 했습니다. 어서 다녀옵지요."

허나 이내 제갈소화의 말을 듣고 급히 달려가기 시작한다.

"여전하네."

철두철미한 제갈소화 아니었던가.

그런 제갈소화를 신경 써서인지 달려 나가는 문지기의 몸은 잽싸기만 했다.

제갈소화가 책을 잡을 성격은 아니어도, 일은 제대로 하자는 성미이니 자연스레 몸이 반응하는 게다.

그 모습에 새삼 감회가 느껴지는 건지, 제갈소화가 그리운 듯한 표정을 짓는다.

'좋았지.'

그녀가 보기에 의방의 어디 한 곳 그녀의 손길이 미치지 않은 곳이 없다 느껴졌다.

의방이 확장되고, 사람들을 모을 때에 험한 일을 한 건 아니어도 궂은일은 해냈다고 자부를 할 만한 그녀다.

하나, 하나 세세하게 신경을 쓰며 일을 진행했던 그녀다.

총관으로서, 그리고 한 명의 여인으로서도 잘해 나갔달까.

그녀로서는 가문의 후광 없이 해낸 일 중 가장 잘한 일이 바로 의명 의방의 총관 일이었던 셈.

그게 그녀의 자랑이었다.

어쩌면 의명 의방에서 잘해 낸 덕분에 세가로 돌아가 아버지의 인정을 받았을지도 모를 일이고.

'나쁘지는 않았지.'

그래선지 의방 곳곳을 가만 서서 살피는 제갈소화였다.

뭐가 바뀌었는지, 아직도 자신의 손길은 미쳐 있는지, 그런 여러 가지를 살펴보기를 한참.

"허억…… 헉. 들라고 이르십니다."

"고생하셨어요."

짧은 시간 만에 저리 땀이 나다니. 젖은 정도는 아니지만 저 정도는 좀 심하긴 했다.

의방이 꽤 커지기는 했지만 저건 좀 아무래도 과한 감이 있달까.

그래도 명색이 무사 아닌가.

하루 종일 아니, 몇 날 며칠은 검을 휘둘러도 버텨야 하는 게 무사 아닌가. 그런데도 의방을 다녀왔다고 저리 땀을 흘리는 건 체력적으로 문제가 있을 수도 있었다.

'어? 가만…….'

어째선지 문지기 일을 하고 있는 그를 그녀가 가만 바라본다.

그녀가 뭔가 이상함을 이제야 느낀 거다.

무사라고 생각했던 그는 분명 무사가 아니었다.

그녀가 잠시 착각을 했다. 너무 오랜만에 와서 착각을 할 만했지만, 그게 중요한 게 아니었다.

그녀의 기억에 따르면 눈앞의 문지기는.

'……무인이 아니었잖아. 아니, 이제 무인이 됐다 해야 할까.'

분명 무사가 아녔다.

그녀의 기억대로라면 문지기는 무사들이 해야 할 일이다.

무인이 문지기를 맡는 것. 그게 당연한 일이고 상식이다.

그래서 자신을 맞이한 문지기를 자연스레 의방의 무사라 생각했다.

낯이 익은 것만 보고 무사였지 하고 대략적으로 기억을 했던 거고.

그런데 그게 아니다.

그녀의 기억이 맞다면, 그녀가 총관이던 시절 그는 분명 의원이었던 자였다.

'세가로부터 들은 정보가 있긴 한데……'

이곳에 오는 동안에도 제갈세가로부터 들었던 정보가 세세하게 떠오르기 시작한다.

의원들에게 무공을 가르치고 있다는 것 정도는 대략적으로 들었다. 물론 아주 자세히는 듣지 못했다.

운현이 하오문이든 개방이든, 여러 수단을 통해서 정보가 최대한 넓게 퍼지는 걸 막기는 하니까.

제갈가가 아무리 호북성의 패주 중에 하나라고 해도, 여러 가지로 손을 쓰면 아주 자세히는 알기 힘들다.

그나마 대략적인 정보, 동향을 알 수 있는 것도 제갈세가니까 가능한 일일 정도다.

그 정보를 토대로 그녀가 눈앞의 문지기를 가늠해 본다.

'의외의 성과네. 신의님의 손길인가.'

무공을 배운 지 얼마 되지도 않았을 텐데도, 꽤 괜찮지 않은가.

의방에 급히 다녀오는 것으로 몸이 땀에 젖을 정도이기는 하지만, 무공을 익힌 기간이 짧은 걸 생각하면 나쁘지 않았다.

아니, 좋다고 해도 됐다.

어린 나이도 아니고, 이미 의원 노릇이나 할 만한 자를 이 정도까지 가르치는 건 쉬운 일이 아니다.

신의가 했으니까 되는 거다.

'새로운 비법인가.'

그녀가 가만 분석을 하는 동안에도 문지기는 자신의 할 일을 할 뿐이었다.

맞이할 준비를 나름 분주하게 한달까.

그녀가 분석을 하고, 자신의 착각을 홀로 정정하는 동안에도 자신이 할 일을 기어이 마친다.

방명록을 쓰고, 기록하고 하는 정도의 일이다.

굳이 지금 하는 건 문지기의 작은 배려일지도 몰랐다.

가만 생각을 하는 그녀를 보고 시간을 주며 눈치껏 움직여 주는 거랄까.

그래도 긴 시간을 줄 수는 없다는 듯 마무리를 슬슬 한다.

그리고 마지막 할 일이라는 듯 제갈소화에게 말을 붙이기 시작한다.

"안내는 한울 총관께서 따로 안 붙이셨습니다. 그게 편하실 거라고……"

"어머. 그래요? 그나저나, 문지기 일은 임시로 맡으신 건가요?"

그녀가 날카롭게 질문을 하니.

"아무래도…… 일손이 달리잖습니까. 하핫. 자세한 이야기는 총관님과 하시는 게 좋을 것 같습니다."

"물론이지요."

의원이었던 그. 잠시지만 문지기를 맡고 있는 그는 직접적인 대답을 슬금슬금 피해서 대답한다.

'이런 부분은 다르네.'

곧이곧대로 보고를 하는 성격을 가진 무사라면 이렇게 대답을 회피하지도 않았을 거다.

무사들의 성격상, 그냥 쉽게 말을 했겠지.

아무래도 의원 출신이다 보니, 내부의 일은 쉽게 말을 하지 않으려는 성격이 배어 있는 걸 게다. 그러니 간접적인 대답을 한 걸 거고.

그녀가 본래 총관으로 있었다고 하나, 지금은 총관으로 있지 않은 걸 생각하면.

'문지기 일에 되려 적합할지도.'

상황을 봐가면서 판단을 할 줄 아는 의원 출신 무사가 이런 문지기 일에는 적합할지도 몰랐다.

물론 문지기 제일의 덕목이 무력이라고 한다면 이야기가 또 다르겠지만 말이다.

"들어오시지요."

그녀가 답을 하든 말든, 문지기는 환영한다는 듯 문을 더욱 크게 열어 재끼고는 그녀를 맞이했다.

문지기가 바쁜 와중에도 나름 세세한 배려를 했다는 거 정도는 알 만할 그녀다.

그렇기에 문지기에게 고개를 숙인다.

"늦은 밤. 고생하세요."

"어이쿠. 더 열심히 해야지요. 하핫."

"후훗. 네."

꽤 오랜만에 왔다 싶은 의방.

방금 전까지만 해도, 전에 있던 그녀의 손길이 아직까지 많이 배어 있다고 자부를 하던 의방이다.

'달라졌어.'

그런데 어째 내부는 참으로 많이 변했구나라고 새삼 느

끼며 그녀가 더 더 안으로 들어선다.

우습게도 그녀가 목표로 하는 곳은 그녀가 머물던 곳.

총관실이었다.

한울이 그녀를 맞이하기로 되어 있으니, 누구나 예상할 만한 상황이기도 하다.

그곳은 밤이 되었음에도 아직도 불이 꺼지지 않았다. 안을 최대한 환히 밝혀 놓은 느낌이다.

'이건 여전하네.'

어느덧 의방에 들어서면서 자신이 있을 때와 비교해 같은 것과 없어진 것, 변한 것을 가늠하며 움직이던 그녀다.

의방 건물 자체는 같고, 안에 돌아다니는 사람들의 분위기는 조금 변한 느낌.

그런 것들을 가늠하고 움직이던 그녀도 총관실을 보고는 여전하다고밖에 여길 수밖에 없었다.

자신이 그러했듯이, 이곳 총관실은 언제 봐도 참으로 바쁜 곳이다.

스으─

기름칠이 잘된 듯한 문을 열고 들어서니.

"오셨습니까? 오랜만입니다."

종이 더미에 파묻힌 한울이 초췌하지만, 어둡지만은 않

은 얼굴로 그녀를 맞이한다.

"상황이 이렇다 보니, 맞이하지 못한 건 죄송하게 되었습니다."

"제가 늦은 것도 있는 걸요. 그나저나 제 자리는 완전히 사라진 느낌인걸요?"

짐짓 서운한 척 말하는 그녀였다.

한울의 자리에 그녀도 총관으로서 앉아 있었지 않은가. 그 자리에 다른 이가 앉아 있으니 묘한 느낌이 든 덕이겠지.

그녀의 자리가 사라졌다.

반쯤은 농담이 섞여 있는 말이었다. 한울도 그 정도는 알았다.

"그렇습니까? 하핫. 원하시기만 하면 진즉에라도 넘겨드리고 싶습니다만은?"

"됐어요. 꽃다운 나이에 일에만 더 파묻히는 건 사양이라구요?"

"그래요?"

"네. 저도 이제는 슬슬 즐길 때도 되었잖아요?"

"그거 부럽군요."

"한울 총관님도 억울하시면, 그만두세요. 후후."

"약 올림으로 듣겠습니다. 일단은요. 그래도 신의님이

돌아오시면 그땐 또 생각해 봐야지요?"

"총관을 괴롭히는 신의님, 어디 한번 일거리나 팍팍 던져드려요."

"되면 그래야지요. 하핫."

꽤 나이를 먹은 사람들의 대화 같지만, 여전히 한울이나 그녀나 다 젊다.

일에 파묻혀 버리다 보니 이리 됐을 뿐이다.

아무래도 의명 의방의 총관 일은 열정적으로 일을 할 만큼, 재밌는 일투성이긴 했다.

그래도 그만큼 피곤하기도 한 일이었으니, 서로 이런 농담쯤은 할 수 있는 게였다.

얼마간 이어지는 한담.

영양가 하나 없는 한담이었지만, 그 정도의 한담 정도는 서로 이야기할 의리가 있었다.

그러다 이내 탐색하듯 서로를 살펴본다.

전에는 같은 일을 했던 둘 아니었나. 둘 모두 의명 의방에 속해 있었고.

하지만 지금 그녀는 제갈세가, 그는 의명 의방에 속해 있을 뿐이다.

그녀가 의명 의방에서 쌓아 온 의리가 있다거나, 혹은 본래 그녀가 제갈세가 사람이었다거나 하는 건 상관없었다.

'어쩔 수 없는 일이지.'

현재가 달라졌으니, 여러모로 바뀐 태도로 대할 수밖에 없는 거다.

먼저 이야기를 꺼내는 쪽은 역시 한울이었다.

"그 '일'로 오신 거겠지요?"

"역시 예상했죠? 한울 총관님 정도면 예상은 할 거라 생각했어요."

"아무렴 못 하겠습니까. 딱히 어떤 수단이 없더라도, 예상이 갈 만한 일이지 않습니까. 일부러 전달되게 한 것도 있고요."

"역시 그랬군요."

의명 의방에서는 이미 해결한 문제. 하지만 다른 호북성의 문파들로서는 아직 앓고 있는 문제.

첩자.

그녀는 그것을 해결하기 위해서 온 것이 분명했다.

조심스러우면서도 조용하게 해결을 하기 위해서, 그녀가 직접 여기까지 온 것은 어쩌면 필연이었을지도 몰랐다.

'딱히 많은 이득을 남길 이유는 없으나. 필요가 있으니.'

전이었다면 마음씨 좋은 사람처럼 쉽게 도와줬을지도 모른다.

운현에 비해서 계산적인 한울이라고 하더라도, 사람 간의 정이 없는 사람은 아니었으니까.

하지만 당장은 미리 이야기해 놓은 바가 있다. 해서.

"그에 대해서 길게 좀 이야기를 해 보지요."

"어머. 생각보다는 쉽지 않네요?"

조심스레 이야기를 꺼내어 보는 한울이었다.

第六章
그녀들의 외출

그녀에게 따로 별채가 주어졌다.

황궁 무사들이 머물렀던 그 공간을 그녀 홀로 사용하도록
해 준 거다.

첫 사용은 황궁 무사들이 하게 되었지만, 그녀 홀로 이곳
을 사용하게 하지 않았나.

이곳 별채가 황궁 무사를 제외하고는 다른 어떤 이들에게
도 공개되지 않던 걸 생각하면 꽤 큰 대접이었다.

오로지 그녀만을 위한 대접이니까.

늦은 시간이었음에도, 그녀를 위해서 따로 시녀도 마련되
었을 정도였다.

앵화라는 이름을 가진 시녀인데, 그녀가 이곳의 총관이던 때에 그녀를 따로 보필해 주었던 시녀다.

기녀 같은 이름이지만 시녀로서 자신이 할 일은 곧잘 하는 여인이기도 했다.

앵화도 따로 할 일이 있었겠지만 한울이 그녀를 배려하여 내준 것이겠지.

그 앵화가 환한 표정을 짓고, 제갈소화를 따라다니고 있었다.

다른 어떤 이유가 있어서라기보단 그녀가 총관이던 시절 앵화를 배려해 준 바가 많아서다.

인간적으로 믿고 따른달까.

평소였다면, 제갈소화도 그런 앵화를 오랜만에 보았으니 해후를 나누고 하겠지만, 아쉽게도 지금은 아니었다.

"들어가 봐요. 오늘 늦은 시간인데 고생했어요."

"예. 이 차만 올리고 물러나도록 하겠습니다. 그럼 편히 쉬시길."

큰 것이고, 작은 것이고 그녀를 위해서 대접을 하는 거라는 게 여실히 드러났다.

모두가 그녀를 위해서 하는 게 분명하다.

그런 대접을 받고도 제갈소화는 감격을 느끼기보다는 되려.

"조금은 섭섭한걸……."

약간의 서운함을 느꼈다.

신의가 없어서?

그럴 리가. 아무리 그녀라도 일의 선후는 구분할 줄 알았다. 신의가 어딘가로 움직였다는 사실도 알고.

고작해야 그런 걸로 서운함을 느낀다면 얼마나 좋을까.

그녀가 서운함을 느낀 것은 그런 이유에서가 아니었다.

배려도, 대우도 모두 좋지만 그런 게 중요하지 않아서 더욱 그랬다. 그녀에게 중요한 건 의명 의방과의 친밀함.

자신을 손님 대우를 해 주지 않더라도, 외부인 취급은 안 해 주길 바랐건만.

'욕심이겠지…….'

그게 아니었다.

아까 한울과의 거래에서 느껴졌던 건 자신을 반쯤은 외부인 취급을 하고 있다는 것이었다.

총관 일을 그만둔 것도 그녀고, 제갈가의 여식으로서 온 것도 그녀다. 그래서 한울이 그리 대할 수밖에 없는 걸 알지만.

"……으음…… 역시 좋지는 않아."

조금 섭섭함이 느껴지는 것까지는 어쩔 수 없었다.

그래도 성과가 전혀 없지는 않았다.

당장 내일 날이 밝기만 하면 이통표국을 통해서 제갈가가 있는 곳에까지 표행이 하나 크게 시작될 거다.

겉으로는 등산현의 특산품과 의명 의방의 여러 상비약들을 제갈세가가 사는 형식이다.

하지만 그 속은 달랐다.

상비약도 좋고, 특산품도 좋지만 지금 상황에서는 그게 중요한 게 아니었다.

더 좋은 걸 구하고자 한다면, 제갈세가의 여식인 그녀가 어찌 구하지를 못할까.

중요한 건 그 안에 작게 숨겨져 있을 꾸러미 하나.

운현이 첩자를 골라내기 위해 만든 '환'들을 사기 위함이었다.

그 중요한 일을 그녀는 잘도 해냈다.

정확히는 한울이 빠르게 처리를 해 줬다.

'쉬웠지. 마치 미리 준비한 것처럼.'

그녀의 말마따나 이 순간만을 기다려 왔던 것 같은 느낌이라면 과장이 심했을까.

모든 게 일사천리(一瀉千里)였다.

처음 '증폭환약'에 대해서 한울이 호북성 곳곳에 퍼트린 것도 지금을 위해서였을 거다.

일부러 제갈세가나 무당에 선이 닿아 있는 문파들을 찾아

가서, 첩자를 가릴 방법이라고 말한 게 모두 이유가 있었던 거다.

당장 겉으로는 우리가 첩자가 있으니 그 약을 주시오!

라고 말을 못 할 걸 알았을 거다. 체면이란 게 있으니까. 자기 안에 있는 사람을 첩자라고 의심할 수도 없는 게 사실이다.

하지만 미리 그런 약이 있다 알려 놓으면, 이런 식으로 뒤에라도 찾아올 때를 대비해서 알리고 다닌 걸 거다.

그 일이 몇 달도 더 된 일이다.

'그때부터 준비를 했겠지.'

그 외에 많은 것들이 운현이 준비를 한 일일 거다.

오늘 한울과의 거래에서 이야기가 나왔던 것도 전부!

그런 준비에서 비롯되어서 그녀에게 전달이 되었을 거다.

그녀는 그 여러 조건들을 듣고, 받아들였다.

약간 걸리는 조건도 있지만 어렵지만은 않은 조건들도 다수였다.

오히려 쉬웠달까.

"차라리 말로 했다면 그냥 들어 줬을지도 모르는데……."

문제라면, 쉽게 들어 줄 수도 있는 걸 선으로 딱 긋듯이 조건으로 달았다는 게 역시 섭섭할 뿐이었다.

괜한 여심일 수도 있지만, 그게 그녀의 진심.

"괜히 심술 나."

넓디넓은 별채. 호화스럽게 꾸며져, 여느 여인들의 마음을 흔들 그런 곳이지만 그녀에겐 전혀 아니었다.

그 안에서 조금은 섭섭한 마음을 안고서 홀로 기다릴 뿐이었다.

*   *   *

시일이 흘렀다.

"다시 왔네."

익숙한 얼굴. 이곳 의명 의방에 제갈소화만큼이나 익숙한 그녀, 남궁미가 다시 돌아왔다.

운현의 부탁으로 저 멀리 사천에까지 들렀던 그녀였다.

초행길을 다녀왔으면서도, 그녀는 여전히 차분했다. 한 떨기의 꽃 같은 미모는 되려 더 빛나는 듯했다.

그 옆으로 처음 보는 자가 존재했다.

"큼큼. 소저. 꼭 이쪽으로 들렀어야 했소?"

"그게 약조였으니까요."

제갈소화와 동급. 아니 어쩌면 그 이상.

신분을 놓고 보면 오대세가의 자제였으나, 그는 직계 중에서도 혈족을 이어받을 수 있는 확률이 가장 높은 자였다.

그 이름도 드높은 사천당문에서, 후계 자리를 두고 경쟁을 벌이는 자가 바로 그였으니까.

그의 이름은 당기재.

나이는 어느덧 이십 대 중반에 이르러서, 그 무공만 하더라도 꽤 고매했다.

"사도철을 잡았다던데?"

"사도철을? 전에는 혈수인마(血嗽人魔)를 잡지 않았나."

"그러니까! 대단치 않은가?"

호사가들이 보기에 이십 대 중반에도 벌써 절정에 이르지 않았을까 생각을 할 정도였다.

그가 정확한 무공 수위를 밝히지 않았기는 하다. 무림에서 삼 할 정도 힘을 숨기는 건 진리와 같으니까.

허나 그가 상대로 했던 사마외도들이 하나같이 절정 정도 되지 않으면 상대키 힘든 자들이었다는 게 그 실력의 근거였다.

실상 이십 대의 나이에 이미 초절정에 거의 근접한 운현이 있어서 빛이 바래기는 했으나, 그 실력도 충분히 대단했다.

특히 그는 사천당가 출신.

독공으로 유명한 당가 가전 무공의 특성상, 대량 학살이 가능한 걸 감안하면?

같은 절정이라고 하더라도 상대하기 까다롭다는 독공을

익힌 그를 우습게 볼 수는 없었다.

다만 외모는 준수하다기보다는 약간 못나 보였다.

어려서 독공을 익히다 얻은 얼굴의 흉터 때문이었다. 허나 그걸 자신의 흠으로 여기지는 않는 그였다.

성격이 모나지 않았달까. 대범했다.

이십 대 초반. 무림이 좁답시고 사천과 감숙, 섬서를 떠돌던 게 그의 이름을 드높여준 지 오래.

"아직 멀었구나…… 멀었어."

근래에 이르러서는 무슨 이유에서인지 무공을 더 갈고 닦아야겠다고 사천 무림에 침잠한 지 오래였다.

하기는 오대세가의 무인들은 젊은 날 이름을 드높이고는, 그 뒤로 세가에만 침잠해 있는 자들도 다수였다.

어느 정도 이름을 알리고는 내내 수련을 하면서 나날을 보낸 자들이 많달까.

그러니 적당히 이름을 드높이고 침잠하는 그의 모습도 이상하진 않았다.

그런 그가 남궁미에게 무슨 부탁을 받았는지는 몰라도 꽤 오랜만에 무림에 모습을 드러낸 게 되려 이상한 일이었다.

"큼…… 이거 여기가 과연 이 못난 놈을 만족시켜 줄는지……."

"여기는 아니어도 신의는 만족을 시켜 줄 거예요."

그가 개방 방도나 되는 양 가볍게 코를 훔치고서는, 남궁미를 가만 바라본다.

그녀의 외모에 혹한 표정은 아니었다.

그의 눈은 외모에 혹하여 이성을 잃은 게 아니라, 되려 진득하니 판단을 하는 이성의 눈이었다.

"그를 꽤나 많이 믿는구려? 외부의 사람인데도?"

"신의니까요."

"크흠…… 소저가 그 정도라고 말할 정도라면 믿을 만하지."

"그런데도 몇 번을 확인하잖아요?"

"뭐, 내 성격이 본래 그러오. 그건 이해해 주시오."

"……알았어요."

꽤 뻔뻔하지 않은가.

모르긴 몰라도 남궁미를 이런 식으로 입을 닫게 하는 사내도 꽤 드물 거다.

어지간해서는 남정네들의 떠받듦만 받아봤던 남궁미로서도 지금의 상황은 꽤 희귀한 경험이다.

신의인 운현에게 빠져 있지 않았더라면, 호기심을 느꼈을지도?

"마저 안내해 주시지요."

"저는 안내인이 아니에요. 그래도 우선 따라와요."

그녀가 불만스러운 표정을 짓다가 이내 지우고서는, 안내 역을 자처한다.

목표지는 의방. 제갈소화가 처음 올 때에 그러했듯이, 그녀도 자연스럽게 안으로 들어섰다.

때는 밤이 아니라 한낮인지라, 지체가 되거나 하는 일도 없었다.

"엇. 오셨습니까? 기별은 들었습니다."

"안내 부탁드려요."

"그럼요!"

되려 미리 알고 있었다는 듯 안내를 받았을 정도였다.

제갈소화야 총관으로 있었던 데다 그녀의 성격으로 말미암아 안내역이 따로 없었지만, 남궁미는 따로 안내가 붙은 게 차이라면 차이랄까.

누군가 새로 인물을 데려왔음에도 아무것도 묻지 않고 문지기가 안내를 한다.

"큼……큼……."

그 뒤를 따르는 당기재.

그는 자신을 알아보지 못함에 화나 내는 멍텅구리는 아니었기에 조심스레 뒤를 따를 뿐이었다.

다만 그도 이번을 기회라 여겼는지, 의방의 이곳저곳을 여념 없이 살피고 또 살폈다.

의명 의방이 어떤 식으로 돌아가는지를 살피려는 게였다.

사천당가에 비하면 그 역사가 짧기만 한 의명 의방이 어찌 호북에서 이름을 드높이고 있는지 궁금했으니까.

그리고 그에 대한 그의 판단은.

'과연…… 짧더라도 크게 번성할 이유는 있구나.'

꽤나 호방하다 할 정도였다.

보통 오대세가 정도만 돼도 타 문파를 무시하는 걸 생각하면 후한 평가였다.

워낙에 오랜 세월 무림에 자리를 잡고 터줏대감 노릇을 해 온 게 오대세가와 구파일방 아닌가.

사파가 흥망을 반복하며 나아가고, 그 크던 마교나 혈교도 결국 숨어 사는 걸 보면 꽤 대단하다 할 일이다.

그렇다 보니 자존심이 워낙 강하다.

자신들로부터 비롯된 다른 중소문파를 무시하는 자들도 오대세가 같은 곳에는 흔히 있었다.

그런데도 당기재는 꽤 차분한 눈을 하고서는, 객관에 가깝게 의명 의방을 평가하고 있었다.

단순한 작은 일이었지만 그의 출신 따위를 보면 그의 그릇이 크다는 걸 알 수 있는 대목이었다.

그런 당기재를 보고 남궁미가 묻는다. 잔뜩 호기심이 어려 있었다.

"어때요?"

자신의 의방이라도 되는 듯 묻는 그녀. 그녀의 물음에 당기재가 마음속 그대로 말한다. 숨김도 없는 양반이었다.

"좋습니다. 곳곳에 기틀을 갖추었고, 자리 잡힌 자들도 꽤 되는군요."

"가감 없네요?"

"인정할 건 해야지요. 잠룡이 아니라, 다 자란 용이 강림한 걸지도 모르겠습니다."

"흐음……."

왠지 모를 눈으로 남궁미가 한동안 당기재를 본다.

속으로는 그에 대한 평가를 한참 격상하고 있을 게 분명했다.

운현의 의명 의방을 좋게 평가해서가 아니라, 남궁가의 자제로서 같은 오대세가 반열에 있는 당기재를 보고 평가하는 거다.

꽤 냉정하게.

'소문이 과장된 게 아니었잖아.'

그러곤 자신도 모르게 운현과 당기재를 잠시 비교해 버리는 그녀였다.

누가 더 강할지, 누가 더 앞서 갈지 그런 것들.

다른 뜻이 있어서 하는 행위는 아니었다. 무인으로서의 본능 같은 비교였다. 그녀도 무인이니까.

다만 아쉽게도.

"오셨습니까."

그녀의 비교는 생각보다 오래 갈 수가 없었다.

방해가 있었다.

한울이 방해의 주인공. 총관역을 잘 수행하고 있는 그가, 당기재까지 온 것에 신경이 쓰였는지 바쁜 몸을 이끌고 나와 있었다.

아무리 제갈소화라도 총관실에서 맞이했던 걸 생각하면 꽤 귀한 환대였다.

"네."

"후후. 일단 안으로 뫼시지요."

"흐음……."

그런 한울을 살피며 한참 바라보던 당기재.

"왜 그러신지요? 당 대협?"

"아닙니다. 안내 부탁드리지요."

잠시 망설이던 그가 한울마저 인정하는 듯 공대를 하며 안내를 부탁한다.

그 사이 또 뭔가 평가를 내리고 생각한 게 분명하다. 눈빛이 빛나고 있는 게 그 증거다.

한울은 그걸 모르는 척하고서는 총관실 한편에 마련된 곳으로 둘을 이끌어 갈 뿐이었다.

*　　*　　*

무슨 대화를 나눴는지는 오직 셋만 알 일이었다. 아니, 추가로 지시를 내린 운현 정도는 알 거다.

그 외에 의명 의방에서 이 셋이 무슨 말을 나눴는지는 알자가 없었다.

한울의 성격상 떠벌리고 다닐 자도 아니었다.

그래도 당기재의 표정을 보고 있노라면 꽤 과감한 대화를 나눈 듯했다.

놀란, 감탄, 흥미.

여러 가지의 감정들이 그의 눈에 드러나 있었다. 살짝 흥분까지 한 듯 볼이 발갛게 되어 있을 정도였다.

'재밌는데? 하. 세상 넓다더니.'

한울의 안내를 군이 마다하고, 남궁미에게 동행을 다시금 요청한 그.

그가 한참 남궁미의 뒤를 따르며 묻는다.

"햐. 이거 재밌군요?"

"으음?"

남궁미가 왜 그러는지 모르겠다는 표정을 짓든 말든 간에 당기재의 말은 계속 이어졌다.

"여기 말입니다. 총관도 저 정도인데, 여기 주인은 또 얼마나 재밌겠습니까."

"뭐가 재밌는데요?"

"다 재밌습니다. 이곳 의명 의방 자체가요. 하하. 이거 참…… 구파일방도 아니고 이곳에서 이런 경험이라니."

그가 크게 숨을 내쉰다.

개안이라도 한 듯 말을 계속해서 쉼 없이 날린다. 남궁미로서는 반쯤은 알아듣겠고, 또 반쯤은 과장으로 보이기도 했다.

단순히 대화.

그리 길지도 않은 대화였다.

거래에 관련된 거였으니 긴 미사여구도 거의 없었다.

거래의 내용 자체가 무거운 내용이기는 했지만 남궁미가 보기에도 나쁘지 않은 거래였다.

그런데 그는 그런 거래 따위가 중요한 게 아닌 듯했다.

잔뜩 흥분해서 개안이니, 뭐니 하는데 거래보다는 의방 사람들 자체에 더 비중을 두는 게 보일 정도였다.

"여기예요."

"호오……."

눈에 보이는 모든 것이 다 재밌는가.

남궁미가 한울을 대신해서 별채에 안내를 해 줬더니, 그걸 또 흥미 어린 눈으로 본다.

한참 가만 살펴보다가 또 정신없이 남궁미를 바라보고는 포권을 해 보인다. 경망스러워 보이더니 포권하는 건 또 제법 각이 잡혀 있었다.

"늦었지만 안내 감사하오이다!"

"……음."

남궁미도 그의 포권에 답을 해 보이고서는.

"저는 일이 있으니, 우선은 먼저 가지요."

"아무렴요. 실례될 수 있는 요청에 안내해 주셔서 감사할 뿐이오이다!"

물러날 뿐이었다.

이번 거래에는 그녀로서도 포함되는 게 있는지라, 당장 준비해야 할 게 많았다.

실상 당기재의 요청이 아니었더라면, 여기 별채까지 안내하는 일 따위도 하지 않았을 거다.

그녀는 엄밀히 이야기하면 여기 이곳 의명 의방의 사람도 아니고, 시녀들이나 할 일을 할 만큼 낮은 지휘도 아니었으니까.

다 당기재 저자가 알 듯 모를 듯한 눈빛을 하고서는 부탁을 해서였다.

"오호……."

그녀가 바깥을 향해 움직이는 내내, 뒤에서 당기재의 감탄 어린 목소리가 들려온다.

'운현만큼이나 모를 사람이네.'

참으로 특이한 자였다.

자신도 모르게 또 여러 평가를 더하고서는, 완전히 물러나는 남궁미.

그런 그녀의 뒷모습을 보는 당기재는 아까와 같은 모습과는 전혀 다른 어떤 무거운 눈빛을 하고 있었다.

第七章
하나의 방향

기다림의 날은 그리 길지 않았다.

이곳 등산현이야 어떤 일이 있든 간에 평화롭게 지나가고 있다 해도, 중원 천지는 그러지 않았으니까.

다들 그걸 알고 있는 상황에 늑장을 부리거나 할 이유는 없었다.

되려 하룻밤 보내는 시간을 아까워하는 자도 있을 정도였다.

다만 당기재의 경우는 바쁜 와중에서도 여유를 즐길 줄 아는 듯했다.

그가 머무르고 있는 별채는 그 밤 내내 불을 끌 줄을 몰랐다. 밤새 그가 무언가를 하고 있다는 증거였다.

나쁘게 말하자면 식객으로 머무르면서 눈치 하나 보지 않는달까.

그래도 자기 관리는 철저한 자인지, 아침이 되자마자 모습을 드러냈는데도 피곤한 기색이 없었다.

다만 한울과 같이 오고 있는 여인을 보며 눈을 빛내고 있을 뿐이다.

그의 옆자리를 차지하고 있는 여인은 제갈소화였다.

되려 그녀는 피로한 기색이 역력했다.

그녀의 육체가 피로할 일은 없었으니, 마음속에 무언가 걸리는 바가 있는 게 분명했다.

그녀가 그러든 말든 눈치 빠른 한울도 짐짓 모르는 척을 하면서 제 할 일을 해 나갔다.

"여기는 제갈가의 제갈소화 소저. 또 여기는 사천당가의 당기재 대협입니다."

별호 없이 짧은 설명. 그러나 둘은 신경 쓰지 않는 듯했다.

"처음 뵙겠소이다! 당기재요."

"처음 뵙습니다. 제갈소화입니다."

포권을 하며 자신들의 이름을 다시금 말한 게 다였다.

명예라 말하고, 자존심으로 사는 무인들치고는 꽤 별거

없는 소개였달까.

자신이 어디의 가문 누구고 또 어떤 별호를 가졌으며, 어떤 일을 겪었다고 말하는 게 기본인 자들과는 전혀 거리가 먼 모습이었다.

다만 적당한 한담 정도는 가졌다.

이번 일로 같이 움직여야 할 세 사람이니 약간이나마 친목을 도모하자는 의미에서였다.

오늘 오전 정도는 그리 시간이 갈 예정.

그리고 한담을 나누기를 한참이었다.

한담이라지만 의방, 무림, 현 상황, 여러 이야기로 무거운 주제가 오고 가던 중.

당기재가 갑작스레 치고 들어왔다.

"허허, 신의님은 여복이 많소? 듣기는 했소만."

"음? 그런가요? 저도 그렇게 느끼긴 해요."

"그건 그래요."

부끄러워할 법도 하건만 제갈소화나 가만있던 남궁미 모두 별다른 기색 없이 맞장구를 칠 뿐이었다.

그 모습에 당기재가 더 눈을 빛낸다.

운현이란 남자에 대한 호기심이 한없이 커진달까.

'대체 어떤 남자일까. 알수록 수수께끼로군.'

당기재가 보기에 운현은 알수록 모를 사람이었다.

대체 어떤 자이기에 작은 표국 아들로 태어나 여기까지 온 건지를 알 수 없달까.

무공은 자신 이상이라는 소문에, 의술로는 또 신의로 불리는 자가 아닌가.

한 길을 파는 걸로도 힘든데 두 길이 아니라 세 길, 네 길은 팠다.

무공, 의술을 떠나 의방까지 열고 여기에 더해 표국의 일을 여러 번 도운 것도 이미 파악한 바였다.

그래도 막상 와서 보면 별거 없는 곳이 아닐까 싶었는데 이게 웬걸?

의명 의방은 속 빈 강정이 아니라 꽤 대단한 곳이었다. 알수록 더.

거기다 그를 사모하는 듯 보이는, 아니 사모한다고 대놓고 티를 내는 듯한 여인들은 또 어떠한가.

여느 사내라면 눈을 밝힐 만한 여인들이 대놓고 티 내는 모습은 또 새로웠다.

그런 여러 가지를 종합하여 당기재가 생각해 본다.

'나라면 이처럼 할 수 있었을까.'

라고.

헌데 아무리 생각해 봐도 자신이 생기지를 않는다.

사천이 좁다 하고 여러 성을 오가고, 사파 무인들을 무찌르고 왔던 그인데도 그랬다.

어떤 벽. 동시에 흥미. 사귀고 싶은 자.

그런 여러 가지 생각이 그의 머리에 소용돌이치듯 휘몰아 친다.

그렇기에 이 오전은 한담으로 보내고, 오후에나 출발을 하기로 했는데도 몸이 달아오르는 그다.

"슬슬 출발해도 되지 않겠소이까?"

"벌써요?"

"예. 상황이 이러할진대 저희끼리의 이야기야 가면서 하면 될 일이죠."

"동감이에요."

제갈소화나 남궁미도 금세 동감을 표한다.

그 이유야 호기심을 느끼고 있는 당기재와는 또 다른 것일 터다.

하지만 그를 보고 싶다는 목표는 같았으니, 동감을 표하지 않는 게 이상했다.

해서 그들 모두가 바로 발길을 내디딘다.

* * *

셋 모두 금세 출발했다.

"이걸 받아가시지요."

한울이 미리 준비를 해 둔 것도 그들의 빠른 출발에 도움이 되었음은 물론이다.

일행이라고는 고작 셋.

남궁미, 당기재, 제갈소화뿐이었다. 호위 하나 없이 참으로 단출하다고 할 수 있는 일행이었다.

호북성이 정파의 영역이라지만 사파 무사가 아주 없는 건 아닌 터.

녹림 정도는 아니어도 상황이 좋지 못하다 보니 산적들만 하더라도 일부 출몰할 때가 있었다.

허나 이들 중에서 그런 것들을 걱정하는 자는 아무도 없었다.

단순히 그들이 걱정하는 건 하나.

이곳의 지리라고나 할까.

성이라고 해도 꽤 넓으니 지리를 알고 모르고는 여정에 무리가 가느냐 안 가느냐 할 만큼 중요한 일이었다.

"여기는 초행이니 잘 부탁하오."

당기재야 자신이 아는 게 없으니 자연스레 물러서고. 대신에 나서는 자는 따로 있었다.

"금방 갈 수도 있을 거예요."

"부탁할게요."

호북성의 패주는 제갈가지만 우습게도 안내는 남궁미가
맡게 되었다.

제갈소화야 제갈가에서 등산현까지의 길은 잘 알지만 딱
그 정도다.

아무래도 무림에서 종횡을 한 건 남궁미 쪽이다 보니 그
녀가 제갈소화보다 나았다. 길 찾는 능력도 꽤 되기도 했고
말이다.

그러니 자연스레 남궁미가 맡게 됐달까.

하지만 역시 이곳 호북의 패주의 딸이 제갈소화라는 걸
생각하면 참으로 우스운 광경이었다.

"바로 가지요."

"예."

"그래요."

다만 그들은 그런 걸 전혀 신경 쓰지 않는 듯 앞으로 나
아갈 뿐이었다.

목표는 운현을 향해서. 최대한 빠르게였다.

그들이 운현을 향해서 나아가고 있을 때.

북으로 향해서 끊임없이 올라가던 운현은 목표지에 거의
도달해 있었다.

하남성 어귀를 지나서 역병이 있다는 곳에 거의 이르렀달

까.

참고로 이쪽에서는 황궁 무사들이 경험이 많은지라, 하남성에서부터는 황궁 무사 쪽이 안내를 맡았다.

덕분에 관문이고 뭐고 막힘없이 오기는 했으나, 올수록 피로도가 쌓이는 건 어쩔 수가 없었다.

"후우. 오랜만에 지칩니다."

"이해하네. 작금 황궁을 대체 어떻게 보는 건지……."

영철의 말마따나 황궁을 우습게 보는 자들이 문제였다.

복면인들이 습격해 온 이후.

그때부터 기다렸다는 듯 많은 공격이 감행되어 왔다.

사파인들을 이끌어서 달려드는 건 예삿일.

어떤 날은 암살자가 와서 암살을 하려 드는 경우도 있었다.

암살자를 잡아내고 알아낸바, 흑수혈(黑手血)이라는 암살 조직이 그 암막의 주인공이었다.

'지금쯤이면 다 털렸겠지.'

그들은 본디 산서성을 기점으로 활동하는 조직이라고 했다.

꽤 크기도 큰 데다가, 암살조직치고는 용케 정파 영역에 깃발을 올린 곳이었다.

나름 대단한 곳이라는 소리다.

그런 곳도 이제 얼마 안 가 문을 닫을 게 훤해 보였다.

운현과 황궁 무사를 공격한 이유로 영철이 서찰을 동창에 보내었으니, 어찌 버틸까.

아무리 황궁에서 황후가 몸져눕고, 여러 아첨꾼들이 자리를 채우고 있다고 해도 황실은 황실이다.

그들 암살 조직 하나 처리를 하지 못할 리가 없다.

그 누구보다 잔인하게, 흑수혈을 토벌할 게 분명하다. 황실의 위엄을 보이겠다면서 아주 삼대를 멸하겠지.

'마음에 드는 방식은 아니지만……'

효과는 굉장할 거다.

그리 되면 당장 지금은 아니더라도 후에는 그들이 가는 길이 편해질 거다. 감히 삼대를 걸고 일을 벌일 자는 그리 많지 않으니까.

실상 암살이나, 독살 시도, 직접적인 공격과 기습.

이런 여러 가지를 이뤄 낸 저쪽의 암중조직도 대단하기는 했다.

황궁을 상대로 몇 번이고 이런 짓을 벌인 건 분명 대단하다고 해도 부족함이 없을 일이다.

그러니 피곤한 것이고.

그래도 결국 그들도 실패를 기록했으니, 타격이 어마어마하긴 할 거다.

운현으로서는 더 얻은 정보도 없이, 피로감만 쌓였을지라도 그나마 그걸 위안 삼았다.

위안 삼을 거리가 생겼다지만, 문제는 쌓인 피로도였다.

운현이야 괜찮다 싶어도, 의방 무사나 의원들은 상당한 피로도를 호소했다.

그 때문일까.

영철 쪽에서 배려를 해 주었다.

아마 그들도 하남으로 올라오는 동안 같이 보낸 시간과 사건이 있으니 정이 붙어서 그럴지도 몰랐다.

"오늘은 이곳에서 쉬게나. 적어도 이곳에서는 일은 없을 걸세."

"이런 곳에서 호강을 할 줄은 몰랐습니다."

"허허…… 나도 이곳을 밝히게 될 줄은 몰랐네. 다음에는 옮겨야겠지."

"아무렴 그렇겠지요."

"먼저 들어가겠네."

그들로서는 쉬이 보여 줄 수는 없을 안가를 내줬다.

천하의 황궁 출신 무인이라고 해도 안가는 쉽게 공개할 만한 곳이 아니었다.

특히나 의방 사람들의 수가 워낙 많은가. 호위를 위해서 차출해 온 표국 사람들까지 포함하면 그 수가 제법 많았다.

영철의 말마따나 다음에는 안가를 옮겨야 할 거다.

그래야만 보안이 유지가 될 테니까.

안가라는 것 하나를 만드는 데 신경 써야 할 부분이 많다는 점을 생각하면, 이때를 위해서 영철 쪽은 꽤 큰 출혈을 감수한 거다.

그럼에도 배려를 해 줬으니 운현으로서는 감사할 따름이다.

그리고 그 감사한 시간을 그는 최대한 효율적으로 활용하고자 했다.

하루라고 해도 할 수 있는 일은 많았다.

"부상자들을 보지."

"괜찮으시겠습니까? 당장 내일부터는 숨도 쉬지 못할 정도로 바쁘실 겁니다."

삼권호가 염려를 하든 안 하든.

"그래도 봐야 하네. 내 사람들 아닌가."

여기까지 오면서 당한 자들. 부상자들을 챙기려 했다.

'내가 할 수 있는 걸 해야지.'

이제 와서 말하지만 아쉽게도 표국의 표사 다섯과 의방 무사도 둘이나 죽었다.

무력의 차이가 있다고 하더라도 암습이 문제였다.

기습은 운현의 기감에 막히는데 문제는 암습이었다. 무공을 익히지 않아도 식사에 독을 섞는 걸로도 위험할 때가 많 았다.

운현의 기운으로 금방 치료를 해내곤 했지만, 거의 즉사 에 가까운 치사율을 보이는 독은 많이 힘들었다.

덕분에 몇을 잃었고 많은 이들이 꽤 상심해 있는 상태.

실제로 육체적으로 후유증이 있는 자들도 몇 있을 정도였 다.

'안으로 들어가게 되면 그때부터는 생지옥이겠지.'

그런 자들을 데리고 안에 들어가야 하는 것도 답답한 상 황.

게다가 안에 들어가면, 역병에 걸린 자를 우선시해서 치 료를 해야 했다.

그때부터는 우선순위가 바뀌게 되는 거다.

그러니 지금 시간이 났을 때 그들을 봐두는 것이 좋았다. 운현으로서는 마음의 짐을 덜기 위해서라도 피곤한 몸을 이 끄는 게다.

"그렇다면 저도 돕겠습니다."

"기꺼이 받지요. 하하."

운현 일행이 목표지에 거의 도달하고 있었다.

* * *

안가에서의 시간은 금방 갔다.

하루가 그리 오래갈 일도 없었을뿐더러, 운현이 하는 일이 있었으니 시간은 되레 짧다 느껴질 정도였다.

이른 아침 묘시(5~7시)에서부터 부산스레 준비하기 시작한 것도 한몫했다.

분주히 준비하고, 오전 내 출발하여 결국 밤이 되기도 전에 목표로 한 곳에 도착을 하게 됐다.

마지막 길목, 기습을 하기 좋은 길목도 그 사이 꽤 됐다.

현재 하남의 상황은 아주 좋지 못한 상황이고, 치안도 덕분에 엉망인 상태다.

그러니 암중 조직으로서는 지금만큼 쉽게 노릴 기회가 많지 않을 텐데도 치고 들어오지를 않았다.

'그들도 허무히 죽고 싶지는 않은 거겠지.'

이해는 갔다.

아무리 그들이 대의인지 뭔지를 위해 목숨을 버릴 수 있다 말하지만, 역병으로 죽고 싶지는 않은 듯했다.

역병, 아니 병이라는 거 자체가 피아(彼我)를 가리지 않고 공격을 해 대는 것이니까.

어쨌거나 마지막에 아무런 공격 없이 도착한 곳은 하남성 당하(唐河)현과 방성현의 사이 정도였다.

본래 이곳에는 당하와 방성 사이에 오가는 큰 마을이 있었다 한다. 꽤 융성을 했다던가.

허나 융성했던 건 과거일 뿐이었는지, 눈앞에 보이는 광경은 처참했다.

아직 완전히 도달하진 못했지만, 멀리서 보아도 융성한 마을이라 하기는커녕 전쟁 후의 폐허라고 해도 될 만큼 생기가 보이지 않았다.

병마가 하남성의 거의 남쪽.

호북에 가깝도록 퍼진 거다.

이 정도의 속도라면 호북에 언제 역병이 퍼져도 이상하지 않은 상황이었다.

그곳을 향해서 계속해서 발걸음을 옮기면서도 운현은 하나의 의문이 생겼다.

'안 가는 건가.'

그건 당연히 일어나야 할 일이 일어나지 않은 것에 대한 의문이었다.

의문의 대상은 영철.

"저길세."

그는 짐짓 아무렇지 않은 척, 안내를 할 뿐이었다. 하남에 올라와서부터는 그게 자연스러운 일이었다. 하지만.

"같이 가도 괜찮으신 겁니까?"

같이 가도 되느냐가 문제였다.

그의 본분은 황녀의 호위다. 이곳에 있을 사람이 아니었다. 특히나 역병이 있을 곳에 가야 할 사람은 더 아니다.

이대로 역병이 있는 곳에 들어가게 된다면, 당분간 황녀의 호위도 쉬어야 할 터였다.

역병이 치료가 된다고 하더라도 염려가 되는 부분이 분명 있으니까.

그런데도 그는.

"가도 되네. 이미 황녀 전하께는 말씀을 드렸으니."

되레 당당하게 길을 재촉할 뿐이었다.

호북에서 이곳 하남에 오는 동안, 무언가 그로서도 마음속에 결심한 바가 있는 듯했다.

"그러시다면…… 안내 부탁드리지요."

"걱정해 주는 건가? 하핫. 우선 어서 가 보지. 해 지기 전에 가는 게 그래도 낫지 않겠나?"

"알겠습니다."

영철이 기운을 주려는 건지, 짐짓 과장 어린 표정을 지어 가며 앞으로 가기를 재촉한다.

그다운 배려라면 배려였다.

그렇게 앞으로 나아갔는데, 눈앞을 가득 채우는 광경은.

"……하."

산전수전을 다 겪었다고 자부하는 운현으로서도 발길을 멈추고, 정신이 멍해질 만큼의 충격을 주는 광경이었다.

모든 게 죽어 가는, 아니 반은 이미 죽었다고 할 만한 그런 자들이 운현의 눈앞을 완전히 가득 채우고 있었다.

第八章
사자촌(死者村)

　산 자보다 죽은 자가 많다.

　사람이 살기 위해서 만들어졌을 마을임이 분명한데도 그러했다.

　운현이기에 더욱 여실히 그걸 느꼈다.

　이곳 마을 전체를 떠돌고 있는 듯한 죽음의 기운이 그를 바람처럼 감싼다.

　미풍처럼 느리게 그의 몸을 감싸 안았다.

　하지만, 그 미풍에 실린 기운이 무겁기에 그의 몸이 자신도 모르게 부르르 떨린다.

　'기운이…… 죽음뿐 아닌가.'

죽지 않았어도 이미 많은 자들이 죽어 가는 게 느껴진다.

희망보다는 절망.

가벼움보다는 무거움이 그를 감싸 안는다.

기운이라고 하는 게 마치 여기까지 와서 네가 할 수 있는 건 아무것도 없다고 말하는 느낌이다.

그는 당장 여기에 와서 아무것도 한 것이 없는데도, 아무것도 하지 말라는 듯이 계속해서 그를 아득하니 절망 속으로 끌어내리는 느낌이었다.

저 아래. 아래로.

'이건 정말……'

운현의 정신이 순간적으로 아득해져 간다.

"신의님!"

"왜 그러십니까?"

그의 이런 모습을 본 바가 없기에 의방 사람들 또한 같이 당황한다.

일사불란이 아니라, 그저 분란(紛亂)이 일어난 것처럼 당황스러워할 뿐이다.

무사든 의원이든 상관없이 그들을 이끌어야 하는 운현이 몸을 떠니, 그들도 당황하는 거다.

운현에게 기대 온 만큼, 어찌해야 할지를 모르는 것일지도 모른다.

그들의 중심이 당장 명령을 내려줘야 했으니까. 처음 있는 일이었다.

　마치 어떤 암울한 누군가의 암계가 운현을 휘감는 그런 모습.

　죽음과는 먼 선천진기가 반발하기는커녕, 아득함을 키우던 그 순간.

　"갈!"

　영철의 심후한 일갈이 터진다.

　"아……."

　아득해져 가던 운현의 정신이 순간적으로 돌아온다.

　오감이 다시 느껴지고, 기감도 정상으로 돌아온다. 짧은 일갈이었으나 그를 돌아오게 하기에 충분했던 거다.

　순간 머리에 물음표가 그려진다.

　'대체 왜.'

　어지간해서는 정신을 잃지 않던 운현이다.

　다른 이들은 겪지 못했던 경험도 충분히 한 운현이다. 그렇기에 이런 일은 그도 예상치 못했던 일이다.

　영철이 그제야 걱정스러운 표정을 지으며 물어 온다.

　방금 전 일갈을 할 때의 단호함과는 또 다른 표정이었다.

　"자네, 괜찮은가?"

　"괜찮아지기는 했습니다. 다만, 이게 정말…… 하. 무슨 일인지 감이 안 잡히는군요."

"상극의 지기를 받아서 그러할지도 모르지."

"상극의 지기라…… 그럴 수도 있긴 하겠지요."

상극의 기.

영철은 불과 물, 목과 금과 같은 서로 상극인 기운들이 부딪치면 한쪽은 무너지고 사라지는 것을 말하는 듯했다.

이곳은 유독 죽음의 기운이 강하니, 생명의 기운을 대표하는 것이나 다름없는 선천진기를 익힌 운현으로서는 밀리는 것이 당연할 수도 있긴 했다.

일견 보기에는 맞는 말로 들린다. 하지만.

'그래도 뭔가 이상해. 그것만이 아닌 듯하단 말이지.'

운현이 생각하기에는 그 이상의 무엇이 있는 것 같았다.

아니, 무언가가 분명 있다.

그 무언가를 읽어내면, 더 앞으로 나아갈 수도 있을 거라는 직감이 그의 머릿속을 순간적으로 가득 채운다.

하지만, 당장은 그럴 때가 아니었다.

작은 실마리에 모든 것을 놓고, 매달리기에는 때가 좋지 못했다.

운현은 작디작은 실마리에 참오를 하고 매달리기보다는 다른 것을 택했다.

주변을 바라본다.

운현이 떨 때에 같이 떨던 의방 사람들. 그들이 운현이 정신을 차린 것만큼이나 빠르게 정신을 되찾아 가고 있었다.

'마치 뭔가 홀린 거 같군. 뭔가 있긴 해. 예상 이상의 것이 있을지도 모르겠군. 하.'

그리 생각하며 운현이 그들에게 명을 내렸다.

"다들 움직이도록! 무사들은 환자들의 이송을. 위험할 경우 파악해서 보고. 또한 의원들은 다들 준비하도록!"

"예!"

"준비됐습니다."

환자들.

이 죽음의 기운 가운데에서, 얕은 생명력을 가지고 있는 환자들부터 살려야 했다.

경지에 목숨을 걸기도 하는 게 무인이며 운현 또한 무인이나, 생명을 더 귀히 여길 줄 알기에 내린 조치였다.

언제 또 그랬냐는 듯 빠르게 움직이기 시작한다.

무사들은 환자들을 찾기 시작하고, 움직이기에 괜찮아 보이는 자들을 이송하기 시작한다.

그들 일부는 짐 중에 미리 준비해 온 것들을 이용해서 환자들이 있을 곳을 임시로 마련하기 시작한다.

또 누군가는 불을 때워 소독을 준비한다.

의원들도 금세 자신들이 익힌 기본대로 빠르게 침을 꺼내어 들고, 또 일부는 운현이 준 수술 도구를 챙겨 가지런히 한다.

말 그대로 일사불란(一絲不亂)의 장면이다.

'잘못 본 게 아니군. 제대로 데려왔어.'

운현이 떨던 모습에, 불안을 가졌던 영철마저도 생각을 달리할 만큼 빠른 속도였다.

언제 기운에 잡아 먹혀 시간을 잡아먹었냐는 양, 순식간에 모든 준비가 끝이 난다.

순간적으로 정신을 잃었던 모습이 무색해 보일 정도다.

그때 운현이 다시금 움직이기 시작한다.

"의원님, 어딜 가십니까?!"

"그들부터 먼저 살피세요!"

다른 무언가를 찾아 움직이는 기색이었다.

*　　　*　　　*

'여기가 가장 짙어.'

운현이 순간적으로 달려온 곳.

그곳은 죽음의 기운이 가장 짙은 곳이었다. 동시에 작은 생명의 기운이 느껴지는 곳이기도 했다.

"하악…… 하……."

역시 기감은 그동안 그가 했던 노력에 대한 대가라도 되는지 확실하고 정확했다.

작은 초가.

일가족이 모두 죽어 있는 광경.

이제 막 돌이 지났음이 분명한 애기가 죽어 있고, 그 애기를 안고 있는 여인조차 죽어 있다.

그 옆에 딸려 있는 형이나 누나로 보이는 아이들도 아쉽게도 죽어 있다.

한 일가가 죽어 있는 처참한 광경.

그 안에서 느껴지는 생명의 기운은 정확하게 중년을 가리키고 있었다.

'……몸을 쓰는 직업인가.'

일가(一家). 한 집안이 무너져 내렸는데도, 가장으로 보이는 자 하나가 살아 있다.

약한 맥박이지만 가까이 다가갈수록 분명히 느껴지고 있었다.

야속하게도 그의 직업이 그를 살린 듯했다.

몸은 단련이라도 한 듯 몸에 근육이 이곳저곳 잡혀 있었다.

그 덕분에 체력이 있었겠고, 어찌 버텼을지도 모른다.

허나 일가가 다 죽었으니, 살린다고 하더라도 되레 죽겠다고 할지도 모를 일이다.

애써 살려도 자신의 모든 것이나 다름없는 가족이 전부 죽어 있으면 삶의 의욕을 갖기 힘들 것은 당연했다.

운현이 애써 살려도 원망을 들을 수도 있었다.

허나.

'그런 건 내가 선택하는 게 아니지. 의원은 살리고 봐야 할 뿐.'

의원으로서 환자를 고를 수는 없었다.

천하의 악인이라도 살려야 하는 것이 의원이었다. 결국에 죽여야 할 사람을 살려야 하는 것도 의원이다.

'손에 피를 잔뜩 묻혀, 많은 이들의 목숨을 앗아간 주제에 그런 말을 할 자격이 있는가.'

자기 자신에게 의문이 드는 운현이지만 그래도 해야만 했다.

그렇기에 그가 부산스레 손을 놀린다.

'호흡이 옅어. 아니, 거의 없어.'

맥에 힘이 하나도 없다.

그보다 더 중요한 건 호흡이었다. 옅어도 너무 옅다. 거의 없다 싶을 정도다.

설근침하. 의식 장애가 있어 이완된 혀가 후하방(後下方) 쪽으로 들어가 버린 상태였다.

쉽게 말해서 혀가 안쪽으로 말려들어 가서 기도가 막힌 거다.

'본래라면 삽관을 했겠지……'

억지로 기구라도 넣어서 호흡이 되게 만들었을 거다. 예전이라면. 죽기 전의 그였다면 분명 그랬겠지.

하지만 지금은 달랐다.

삽관을 위한 기구가 없는 대신에 그에게는 무공과 기운이 있었다.

쯔억.

닫혀져 있는 입을 연다. 마른 입술이 찢어지는 걸 전혀 상관치 않는다.

그 안에 말려 있는 혀를 쭉하고 오른손으로 잡아당긴다.

타앗. 탓.

그리고 턱을 잡고 있던 왼손으로는 입이 턱이 다시 닫히는 속도보다도 더 빠르게 여러 개의 혈을 내리 찔러버린다.

"됐다."

기구를 대신해서 마혈을 찔러 버린 거다.

삽관이고, 기구고 필요 없이 마혈로 혀가 굳게 만들었다. 이걸로 당장의 기도 확보는 됐다.

당장 위험하다 할 수 있는 호흡은 확보했다.

그걸 확보치 못했으면 아무것도 못 했다. 그럼 자연스레 다음 단계로 가야 했다.

역병의 치료, 아니 이걸 역병이라고 아직 명명 내리지는 않은 단계지만 우선 치료를 위한 걸 확보해야 했다.

'열.'

침을 꺼내어 든다.

몇 개의 혈에 침을 박아 넣음으로써 약간의 열을 떨어트린다.

동시에 가슴 부근의 옥당혈에 손을 대고서는 기운을 불어넣는다.

쿠웅.

다리가 들렸다가, 다시금 땅을 친다.

생명 그 자체의 기운이 불어넣어지니, 몸이 반응하고 본 거다.

예상외의 과한 반응이었으나 운현은 놀라지 않고서 계속해서 치료를 이어 나갔다. 멈추지도 않고 계속해서였다.

'기도, 열, 남은 것은 병. 아니, 이건 병이라기엔 다른 것이겠지.'

다른 이들은 몰라도 운현만큼은 이 기운을 보고 예상을 할 수 있는 게 있었다.

이건 진짜 병이라고 명명 내리기 어려운 것이었다.

전염성이 퍼지고, 사람을 죽이고, 아프게 하면 그걸 역병이라 해야 할지도 모르겠지만.

'……완전히 자연적인 건 아니지.'

자연스러운 병은 아니었다.

병에 자연스러운 게 어디 있겠느냐만은 당장 운현이 느끼기에는 그러했다.

허나 당장 중요한 건 그게 아니었다. 환자였다.

운현은 기운을 느끼고 고뇌하면서도 손은 계속해서 놀리고, 세심하게 기운을 불어넣기를 반복했다.

초가 안이 그의 기운으로 가득 차는 느낌이 들 정도였다.

"쿨럭."

그러자 이내 얼마 가지 않아 눈을 감고 당장 죽어만 가고 있던 환자가 눈을 뜬다.

의식을 잃었고, 맥이 빈약했으며, 당장 호흡 곤란을 느꼈던 자라고 보기에는 너무 생기 어린 모습이었다.

'임시지.'

어디까지나 운현의 기운이 불어넣어진 덕분이었다.

"누, 누구……."

"의원입니다. 전부는 아니더라도 당장은…… 치료되셨습니다."

환자의 사정을 알면서도 살았다고 우선 말할 때. 이때가
가장 어려운 때였다.

그래도 안 할 수가 없었다.

"······그럼······."

사내가 눈을 크게 부릅뜨고 주변을 살피기 시작한다.

*   *   *

주변을 살핀다고 해서 뭐가 달라질까.

그가 확인할 수 있는 거라고는 참혹한 광경밖에 없었다.

"······."

"대체····· 대체······."

자신의 손을 떤다.

운현이 과할 만큼 선천진기를 불어넣어줬음에도 그의 떨
림은 계속됐다. 손에서 시작된 떨림이 온몸으로 전해진다.

그 외에는 자신이 할 수 있는 게 없다는 듯이.

혹은 그 이상은 무언가를 하고 싶어도 몸이 거부하는 듯
끊임없이 온몸을 떨 뿐이다. 환자처럼.

여기에 어찌 운현이 낄 수 있을까. 단지 아까처럼 침묵을
지키고 있을 뿐이다.

산전수전을 다 겪은 운현이지만 저 중년의 마음을 가늠

할 수 있다고 감히 말을 할 수 없었다.

자신은 형 하나가 쓰러졌음에 침식을 잊지 않았나.

그는 형제를 떠나 자신이 이끌던 가족이 전부 죽었다. 비참하게. 병에 걸려서.

그걸 어디 이해한다 말할까.

'스승님을 잃었을 때 그 이상이겠지……'

그가 느끼고 있을 절망감을 자신으로서는 가늠도 하기 힘들다.

때문에 상황이 급박해지나, 감히 그를 두고 갈 수 없었던 운현이었다.

"……왜…… 아니, 이 질문은 의미가 없겠군요. 하……하하."

"왔을 때는 이미 전부……."

"더 말하시지 않으셔도 괜찮습니다. 다만…… 다만. 먼저 가실 수 있으시겠습니까?"

자리를 파해 달라는 건가.

'무슨 일이……'

벌어져도 이상하지 않을 분위기이지 않은가.

애써 살려놓은 환자가 다시 죽음의 구렁텅이로 발을 내디딜 수도 있었다.

병 때문이 아니라 그 스스로가 발길을 내디딜 수도 있는 것이다. 오롯이 자신의 선택으로.

그럴 가능성이 있음을 알지만 운현으로서는 그를 말릴 수도 없었다.

'오로지 그의 선택일 뿐……이라고 하기엔 너무 막막하 긴 하구나.'

허나 여기서 더 시간을 끌 수는 없었다.

이 환자가 아니더라도 남은 환자는 많았다.

지금만 하더라도 죽음의 기운이라 하는 게 마을 한복판 을 휩쓸다 못해서 뒤덮고 있지 않은가.

"……그럼."

"살펴 가시죠."

기괴한 상황이다.

다 죽은 가족. 그 사이에 살아남은 하나. 절망뿐인 눈빛. 그를 살려놓고 떠나가는 의원.

어디 하나 이상하지 않은 상황은 없었다.

둘 모두 그것을 알고 있음에도, 운현은 작은 초막이나 다 름없는 곳을 나설 수밖에 없었다.

끼이익.

을씨년스럽게 열리는 문이 그들의 심정을 대변할 뿐이었 다.

"허허……."

다시 움직이려는 운현의 뒤로 헛웃음이 들려온다. 중년의 허탈한 웃음이다.

　'기감이 원망스러워지는 건 처음이군…….'

　뒤돌아보지 않아도, 그가 무엇을 하는지는 충분히 느껴졌다.

　빌어먹게도.

　그가 가지고 있는 기감이라고 하는 것이 무엇을 하는지 들으라는 듯이 생생하게 알려 준다.

　촌부의 움직임 정도는 쉽게 느낄 수 있는 기감이었다.

　안으로 들어간 중년이, 무언가를 꺼내 오는 게 느껴진다.

　퍼억. 퍽.

　굳어 버린 땅. 자신의 마당이나 다름없는 곳을 파는 게 느껴진다.

　'……묻는 건가.'

　마을 한가운데임을 알고 있을 텐데도.

　자신의 고향에서 떠나는 바가 없는 양민이라면 이곳이 자신의 고향일 확률이 높음에도 그는 거침이 없었다.

　병마, 아니 그 이상의 무언가로 피골이 상접해 가던 중년이 맞나 싶을 정도로 힘찬 울림이 있었다.

　가족을 묻으려 하는 거겠지.

　"하."

남은 자가, 죽은 자를 묻는다는 것.

과히 좋은 광경은 아니었다.

산 자는 살아야 한다고 말을 하기에는, 그의 아픔이 어느 정도일지 가늠도 되지 않기에 더욱 그랬다.

강한 기감으로 느껴지는 중년의 행위.

그것을 막지도, 아니 막을 생각조차도 하지 못한 채로 운현은 몸을 놀릴 뿐이었다.

저 죽음의 기운이 가리고 있는 마을을 향해서.

*　　*　　*

치료할 곳을 임시로라도 갖추고, 사람들을 모아 온다.

일사불란하게 움직이고, 그 일사불란함 안에서도 찾지 못한 자는 운현이 직접 기운을 느끼고 달려간다.

처음 치료했던 중년과 같은 환자들도 다수였다.

거의 가족이 있는 환자라고 봐도 무방했다.

그나마 체력이 강하다 할 수 있는 가장들이 꽤 살아 있었다. 혹은 젊은이 정도.

어린아이나, 상대적으로 체력이 약한 여인, 노인은 운현이 찾아가기도 전에 죽은 자들이 다수였다.

'잔인하군.'

어쩔 수 없는 일이었다.

병마란 것은 사람을 가리지 않는 터. 도리어 약한 자일수록 쉽게 잡아먹는 것이 병마다.

이런 참혹하기만 한 장면을 쉽게 만들어 내곤 하는 것이 병마였다.

그러니 이런 병마라 하는 것은 인간에게는 최대의 적이며, 가까워지려야 가까워질 수 없는 어떠한 것일 수밖에 없다.

'잘해야 정복해야 할 대상. 허나 이건…….'

게다가 지금 운현이 느끼기에 지금 상황은 결코 자연스럽지만은 않았다.

아직까지도 입을 열지 않았지만, 분명 인위적인 것이 들어가 있었다.

그러나 그 무거운 '진실'이라고 하는 것은 밝히지 않은 채로 끊임없이 치료를 해 나갈 뿐이었다.

마치 지금까지 치료를 해내지 못했던 하남성의 의원들을 비웃듯이 꽤 빠른 속도로 해 나갔다.

방법 자체는 간단해 보였다.

처음 드러나는 증상은 항생제 혹은 미리 준비한 약으로 치유를 한다. 그것으로도 안 되는 것은 운현의 선천진기를 부여한다.

그럼으로써 기본적인 치료는 완료.

기본 치료를 통해서 환자의 상태가 조금 나아질 때쯤, 선천진기를 더욱 크게 불어넣어 환자를 치유케 한다.

꽤 단순해 보이지 않는가.

허나 이 단순한 과정을 얻기까지 운현이 그동안 해 놓은 바가 있었다.

항생제, 상비약, 선천진기.

어느 하나 다른 의원들로서는 쉽게 구하기 힘든 것이었으며, 구비하기도 힘든 것들이 꽤 됐다.

특히 선천진기만큼은 아무리 의선문의 의원들이라고 하더라도 거의 익히지 않는 거였다.

익히기 힘들다 못해서 아주 극악의 효율을 가진 것이 선천진기였으니까.

그게 지금 빛을 발하고 있을 뿐이었다. 결코 운현이라고 해서 쉽게 쉽게 해내고 있는 게 아니었다.

거기다 덤으로.

'다른 게 있지…… 허나 그건 아직인 터.'

다른 의원들과는 다른 시각으로 치료를 하려 나선 것도 주효했다.

그 모습이 꽤나 신기했는지, 놀라는 법이 없는 영철마저도 놀라는 기색을 숨기지 않고 물었다.

"대체 어떻게 한 건가."

"설명은 다음으로 미루지요. 가장 중요한 것은 환자이지 않겠습니까."

"하. 알겠네. 그래도……."

"보고를 하셔야 함은 압니다. 하지만, 아직 완전하지만 은 않습니다. 솔직히 다른 이들에게 말해도 믿을지 모르겠 군요."

"그런가?"

"예. 상황이 상상 이상일 수도 있겠습니다. 하…… 우선 은 치료부터 하지요."

"……기다림세."

운현의 딱딱한 음성을 들어설까.

아니면 신의라는 이름에 걸맞게, 아니 그 이상의 능력을 보여줘서일까.

어느 쪽이든 상관없이 자신도 모르게 영철은 운현을 존 중하다 못해서, 그 어떤 다른 존재를 대하듯 꽤 공손하게 대하고 있었다.

황실에서 나왔던 무사들도 마찬가지.

해 봐야 어느 정도나 하겠어라고 생각했던 그들로서도 자신도 모르게 운현을 함부로 대할 수가 없게 되었다.

하남에서 유명하다 하는 의원, 의선문에서도 난다 긴다

하는 자들이 와서도 치료를 못 했는데 운현은 금세 해 버리지 않는가.

정말 이름 그대로 신의(神醫)다웠다.

기다렸다는 듯이 치료를 쑥쑥 해내는데 그 능력을 감히 의심할 자가 없는 게 당연하기는 했다.

치료를 하며, 마을 하나를 살려간다. 그게 시작.

그 시작과 함께 시간이 흐르기 시작했다.

"황녀 전하께 어서 소식을 전하게나."

"옙!"

운현의 의방 의원들이 곧잘 증상을 막아 내고, 치료를 해 나가고 있다는 소식이 황녀 주아민이 있는 곳을 향해 냉큼 날아갔다.

하남의 동창이 제대로 작동은 하지 못하는지라, 전서구를 통해 간 터.

허나 그 전서구가 소식을 전달하는 데 실패할 거라 여기는 자는 몇 없었다.

그와 함께.

"이거 역병이 맞는 건가."

"으음…… 전염성이나 열을 동반한 증상 등으로 볼 때는 분명 역병이 맞지 않은가."

"그럼에도 이상하군. 하, 모르겠어. 잘하면 이건……."

"쉬잇. 신의님도 말씀하시지 않는 데는 이유가 있겠지. 하남 의원들도 이유가 있겠고."

"모르지. 몰라. 세상이 어찌 그리 쉽게 돌아가나."

"됐네. 우리로선 우선 치료부터 함세."

운현으로부터 의학적 지식을 전수받아 발전해 나가던 의원들도 조금씩이지만 의문을 품어가기 시작했다.

그들이 가지기 시작한 의문이야 넘어가고.

한곳에 머물러 있으며 많은 죽음과 함께 치료를 병행하니 시간은 금방 흘러갈 수밖에 없었다.

그렇게 다시 사흘이라는 시간이 흘렀다.

"……끝이로군요."

"허."

지금까지 자신들이 한 게 무언가라고 황궁 무사들이 의문을 그릴 만큼. 한 마을의 치료는 꽤 금세 해 버렸다.

누군가는 사흘이나 걸렸다고 말을 할 수도 있겠으나 많은 의원들이 두 손 두 발 다 들고 치료하지 못했던 역병이다.

그걸 해냈다.

그사이 살려주었음에도 가족이 죽었다는 충격에 다시 몸져눕거나, 극단적 선택을 한 자도 있기는 했다.

허나 운현으로서도 그것까지는 책임지지 못하는 터다.

다만 더 환자가 늘지 않게 하기 위해서 최선을 다해 치료를 해 나갔고, 적어도 역병으로 죽어 나가는 자들만큼은 이제 없다고 말할 수 있을 뿐이었다.

"다들. 고생하셨습니다."

"후아아……."

의원들도 그것을 알기에 마냥 행복해하지만은 않았다. 아니, 못 했다.

그들도 눈으로 본 것이 있으니, 이 치료가 치료로서 전부 끝이 날 거라고는 생각지 않기 때문이었다.

다만 그들도 무언가 느끼는 바가 있는 듯 운현처럼, 진지하게 눈을 빛내고 있었을 뿐이다.

다 치료를 해냈다는 것에 자랑도, 자신의 얼굴에 금칠도 하는 것 없이 운현은 영철에게 부탁 하나를 했을 뿐이다.

"바로 다음으로 가지요. 안내 가능하시겠습니까? 가장 가까운 마을부터 부탁드립니다."

"허험. 안 될 게 무언가. 바로 가지."

실상 부탁도 아닌, 치료를 위함인 걸 영철이 모르겠는가.

그도 바로 움직이기 시작했다. 그를 따라 다시금 다음 마을로 몸을 움직이기 시작하는 운현이었다.

第九章
치유행(治癒行)

　호기신의가 치료를 한다.

　소문은 삽시간에 하남성 안을 울리기 시작했다.

　역병으로 사람 하나 움직이기 어려운데도 어찌 소문이 퍼지는지 신기하기만 할 노릇이었다.

　하기야 전서구든 뭐든 어떤 식으로든 발 없는 말이라 하는 소문은 퍼지곤 하지 않나.

　하남성에 있어 최고의 주제라 함은 역병이라 할 수 있는 상황이니 소문이 퍼지는 게 무리는 아닐는지도 몰랐다.

　알음알음이기는 하지만 소문은 분명 퍼지고 있었다.

　그런 소문을 듣고 누군가들은 기대감을 가졌다.

"우리 쪽은 언제 오는가."

"하아……."

남쪽에서부터 쭉 훑듯이 움직이고 있는 운현.

그런 그의 행보에 기대감을 가질 수밖에 없는 건 역시 환자들이었다.

당장 앓아누운 상태. 가족 모두가 몸져눕다시피 한 상황에서 그나마 희망이라고 할 수 있는 건 운현 쪽 아닌가.

그러니 기대감을 가질 수밖에.

사람이 낭떠러지에 떨어진 상황이면 썩은 동아줄이라도 잡아당겨 보는 게 인지상정 아닌가.

그런 상황에 썩은 동아줄도 아니고, 아주 튼튼한 동아줄인 운현이 출현했으니!

시간이 갈수록, 병마가 짙어지면 짙어질수록 환자들이 가진 기대감은 매우 커져만 갔다.

반대로 그 기대가 커져 가면 커져 가는 만큼 기대는커녕, 울상을 지을 수밖에 없는 쪽도 분명 있었다.

처음에는 자존심에서, 자존심이 아집으로, 또한 아집이 목숨을 거는 도박으로까지 몰아넣은 존재들.

본래 하남성을 지키던 의원들 다수를 포함하여, 의선문에서 파견 나왔다 하는 몇의 의원들은 자신들도 모르게 시름이 깊어져 갔다.

"그가 대체 어찌 우리도 하지 못하는 걸 한단 말인가."

"모르겠으이."

"방안이 잘못된 건가. 흠…… 그건 아닐진대. 분명 역병에 맞는 방안을 썼는데……."

"하아……."

그들이 어찌 알까.

운현이 기운이 선천진기고 말고를 떠나, 그동안 그들과는 완전히 다른 방식으로 움직여 왔다는 것을.

그저 지역의 명의로서 만족하지 않고 항상 진일보(進一步)하기 위해서 나아갔던 운현 아닌가.

누가 뭐라 하든, 어떤 방해가 있든 간에 그는 앞으로 나아가기를 멈추지 않았다.

스승인 왕 의원으로부터 의술을 익히고도, 그가 전생에 가졌던 지식을 풀기 시작하고도 멈춤이 없었지 않나.

여기에 깨달음까지 더해진 운현이니 나오는 행보였다.

하늘에서 뚝 떨어진 듯 치료법을 알게 된 게 아닌 거다.

그동안 그가 해 놓은 것에 대한 보상을 받고 있을 뿐이다.

그러나 그들은 그것을 알 수도, 설사 안다고 하더라도 인정을 할 수도 없을 것이 분명했다.

결국 하남의 지역 의원들은 흔들리기 시작했다.

의선문 의원들만 믿고 행동을 했는데 상황이 이러하니, 흔들릴 수밖에 없었다.

이대로 있다가는 의선문의 목숨이 황녀 주아민에 의해서 날아갈 때에 자신들도 같이 날아갈 수밖에 없는 상황이지 않은가.

의선문과 쌓아 온 인연도 좋고, 그동안 가져왔던 뜻도 좋지만 당장 상황이 상황 아닌가.

의선문과 아예 함께하겠다고 마음먹은 자들 소수를 제외하고는 그 흔들림은 시간이 갈수록 더해지고 또 더해졌다.

개중에서는 의선문의 방식으로 하던 치료를 멈추고 운현을 따르자는 이야기도 슬슬 흘러나왔다.

"이러느니 지금이라도 그리로 가는 게 어떠한가."

"무슨 수로? 거기는 남쪽 아닌가. 가다가 죽을 수도 있으이."

"그래도 이거 어찌 살고는 봐야 하지 않나. 이래 죽으나, 저래 죽으나 같을 수도 있네."

"허어. 참……."

역병은 의원이라고 해서 피해 가지 않는다.

허나 반대로 황녀의 칼날은, 지금에서라도 운현을 도와 치료에 보탬을 주면 당장 비껴갈 수 있을지도 몰랐다.

황녀도 사람이니 감정적으로야 미워할 수도 있지만, 지금까지의 벌은 치료를 하는 공으로 상쇄를 할 수도 있을 수 있지 않겠는가.

너무 자기네 식대로 해석을 하고 있는 걸지도 모르지만, 목숨이 걸려 있으니 다급해질 수밖에 없었다.

"내 이럴 줄 알았으면…… 처음부터 나서지라도 않을 것을……."

"쯧."

후회를 해 보기도 하고.

의원쯤 되어 글줄도 꽤나 읽고, 머리도 돌아가니 이런저런 수를 내며 계산을 해 본다.

그러다 나오는 수는 역시.

"가세."

"……하남성 토박이는 우린데 아주 야반도주를 하는 느낌이로구만."

당장 살아보겠답시고 운현 쪽으로라도 찾아가 보는 수밖에는 달리 수가 없는 상황이었다.

결국 몇의 의원들이 자신들에게 있어서는 썩은 동아줄이라고 할 수 있는 의선문을 놓아 버린다.

그러곤 새로운 동아줄인 운현을 향하게 되니!

그들을 이기적이라고 말을 하기에는, 살자는 인간의 본능으로 그러한 것이니 또 그걸 뭐라고 할 수 있을 자는 몇 없었다.

그 상황으로 말미암아, 하남성 토박이 의원들을 두고 자신들이 일을 주도하던 의선문 의원들 몇도 난감해지긴 마찬가지였다.

"허…… 몇이나 사라졌다고?"

"밤 사이에 의원 여섯이……."

다른 의원들이야 운현에게라도 당장 몸을 던져서 동아줄이라도 잡겠다만, 의선문 의원들이 그게 되겠는가.

'말도 안 되는 소리지!'

그들이 그동안 닦아 놓은 의술, 자존심, 아집, 자긍심이든 뭐든 여러 가지 이유 때문에라도 그건 안 됐다.

"지금에라도 의원들을 한번 단속을 하는 게……."

"거 그대로 두게! 단속을 해서 뭣해! 같은 의원들끼리 그래 봤자지."

"그래도……."

"둬 보게! 이쪽도 곧 치료를 해낼 수 있을 거니까!"

몇몇 의원들은 단속이라도 해 보자 하지만 그것도 불가다.

자존심 때문에라도 이제 와서 우리 의선문 의원들을 믿고 따라오게라고 말을 할 수가 없었다.

그들 자신에게 있어 의선문 의원들은 언제나 제일의 의원들로서, 다른 의원들의 떠받듦을 받는 쪽이었다!

따라오라 말을 해야 하는 쪽이 분명히 아니었다.

그러니 그동안 있어 온 자존심 때문에라도, 결단코 같이하자 매달릴 수가 없게 되는 것이다!

지독한 독선이자 아집이다!

'……허허. 이거 이래서야 되겠는가.'

의선문에서 파견 나온 의원들 중 그나마 젊은 자들은 현실적으로 생각을 한다.

하지만 그들을 이끈다고 하는, 늙은 의원들이 목숨을 걸고 저러고 있으니!

"자네는 와서 이것이나 보게나."

"알겠습니다……."

이제 와서는 말리지도 못하는 채로 따라갈 뿐이었다.

다른 의원들처럼 도망을 갈 수도 없잖은가.

그래서야 의술보다는 무공을 익힌 의선문 의원들이 배신이라고 척살을 할 수도 있는 게다.

말도 안 되는 논리가 될 수 있겠지만, 때로 아집이란 건 살인을 불사하게 만드는 힘이 분명 있었다.

'시대가 변하는가. 허…….'

의선문이라고 의원들 중 제일가는 자들로 취급을 받았는

데, 이제는 그게 아닐 수도 있음을 실감하고 있는 젊은 의원들이었다.

"어허, 뭐 하는가. 어서 안 살피고."

"예에."

시류를 읽어감에도, 그들이 처음 발길을 디디고 평생을 살아온 곳은 의선문이기에 선택권도 없다.

그저 어서 치료법을 찾아내야지 하고 움직일 뿐.

허나 당장 치료법을 찾아낸다고 하더라도, 먼저 치료법을 찾아낸 쪽은 분명 운현이었으니!

그들이 이제 와서 찾는다 해도, 세간의 이들이 의선문과 운현을 두고 비교할 것은 명약관화(明若觀火)한 사실이었다.

환자를 치료한다.

의원인 운현으로서는 당연히 해야 할 일을 하고 있음에도 많은 것들이 바뀌고 변화하고 있었다.

                    *   *   *

그런 상황에서 운현은 기뻐하거나 즐거워함이 전혀 없었다.

그러기에는 그에게 닥쳐 있는 지금 눈앞의 상황이 분명 기쁘게 즐길 거리가 못 되었다.

마을을 잡으면 환자는 계속해서 몰린다.

어디서 들었는지, 아픈 몸을 이끌고 오는 자들도 있을 정도다.

역병이라는 것이 사람 하나 썩어 문드러지게 하는 건 일도 아닌데, 그 썩어문드러져 가는 몸이라도 이끌고 온다.

살기 위한 발악이며 본능의 발휘였다.

'전부는 못 살린다.'

운현으로서는 현실을 인정했다.

아니, 오래전부터 전부는 살리지 못한다는 현실 따위 인정하고 있었다.

그러니 그의 꿈이 호북의 명의가 되겠다는 것이고, 그곳 성 하나로만 한정을 짓고 꿈을 설정한 것이 아니었나.

그렇다고 눈앞의 환자를 버리고 갈 수도 없으니, 다만 미친 듯 최선을 다하며 치료를 하고 또 할 뿐이었다.

그에 대한 반작용은 분명 일어났다.

이곳에 당도하기 전까지만 하더라도 건실한 모습을 보여주던 운현 아니었나.

그런데 지금은 눈 밑이 거뭇하다.

그도 모자라서, 그가 환자가 되어 가는 게 아닐까 걱정될 정도로 겉으로 드러나는 모습이 그리 좋아 보이지만은 못했다.

무공을 갈고 닦고, 자신의 몸을 제일로 여겨야 하는 무림인이기도 한 그가 아닌가.

그런 거치고는 상상도 하기 힘든 모습이다.

하기는 그동안 그가 보였던 강행군을 생각한다면 이것도 당연했다.

그가 환자들을 위해서 기운을 불어 넣고 심법 돌리기를 반복했던 걸 감안하면, 그나마 그니까 이 정도 버틴다 할 수 있을 정도였다.

그 꼴을 하고서는 그는 계속해서 외친다.

"다음! 다음 환자를 데려오게!"

"신의님. 신의님부터 쉬셔야 합니다."

"우선은 더 해야 할 때일세. 어서!"

결국 보다 못한 의원들까지 말리려고 나오는 참이었다.

이거 사람 살린다고 하다가, 사람 하나 송장 치울 상황이지 않은가.

그러니 의원들까지 말리는 게다.

그나마 표국에서 투입이 된 자들은 가만있을 따름이었다.

표사나 표두들은 운현이 전에 이러던 것을 한 번 겪었었다. 토사곽란 때 이미 그 모습을 봤다.

그러니 운현이 말려도 말려지지 않음을 안다.

그렇기에 말리지 않고 있을 뿐이었다. 그들도 시선 하나,
하나에는 운현에 대한 걱정이 담겨 있는 게 분명했다.

그걸 뻔히 알고 있을 운현인데도.

"다음! 다음이라고 하지 않나!"

계속해서 치료를 위해 몸을 던지고 있을 뿐이었다.

그러던 중!

"윽⋯⋯."

갑작스러운 기습이 들어왔다.

기감이 육감 이상으로 발달한 운현이지만, 방금 전의 공
격에는 속수무책이었다.

아무리 그라 해도 며칠 밤을 잔뜩 새워버린 터라 초췌한
상태. 그에 더불어서 살기도 없는 공격이 들어왔으니 방법
도 없었던 게다.

혼혈을 찍혀 정신을 잃어가는 와중에서도 눈을 움직이는
운현이었다.

그의 시야에 들어온 것은 영철이었다. 그는 응당 해야 할
것을 했다는 표정으로 운현을 당당하게 바라보고 있었다.

'왜⋯⋯? 아⋯⋯.'

쓰러지면서 알았다.

왜 그리하였는지는 물어볼 것도 없이 알았다.

무리하고 있는 그. 그가 있어야만 최종적인 치료가 가능하다지만, 의원들이라고 해서 손 놓고 있는 건 아니지 않은가.

그 상태에서 무리를 하고 있으니, 영철이 손을 써 버린 거다.

그로서는 하남 모두를 치료해야 할지도 모를 운현이, 바로 앞만 보고 이러고 있다는 생각이 드니 어쩔 수 없었다.

운현이 쓰러지자, 곱게 받쳐 드는 영철이었다.

"두 시진쯤은 일어나지 않을 걸세."

"예……."

운현의 호위를 맡은 삼권호로서는 화를 낼 법도 한데, 되레 감사의 눈빛을 보내고 있었다.

그가 할 수 없는 걸 영철이 악역을 자처하며 해 줬으니 감사하지 않을 수가 없었다.

"큰일을 해야 할 사람이네. 그런 사람이 이리 무너지게 돼서는 안 되겠지."

"신의님도 이해하실 겁니다."

"그러길 바라네만. 내가 지켜본 신의는 잠든 사이 죽어간 자들 때문에라도 그러지 않을지도 모르지."

"……."

영철의 말이 신의의 성격에 딱 맞는 말이기에, 삼권호는 아니란 말도 할 수가 없었다.

평소는 사람이 좋다가도 환자에 관련해서는 물불 가리지도 않고, 식음도 전폐하곤 하는 운현 아닌가.

의방에서는 그가 연구에만 몰두하는 걸로 보이지만, 그게 사실이 아님을 모두가 알고 있었다.

일부 파편만이 보이는 것일 따름이다.

환자를 대할 때의 운현이 과연 신의에 어울릴 만한 사람이란 걸 누구나 안다.

한 명, 한 명을 최선을 다한다.

한울이 학을 떼곤 하는 연구조차도 사실은 많은 이들을 살리기 위해서 하는 것일 뿐이었다.

다른 이들은 모르더라도 의방 사람들은 모두 안다.

신의답게.

운현이란 사람의 환자에 대한 집착과 헌신을 알기에 모두가 괜스레 숙연해하며 손을 분주히 움직이기 시작한다.

의원도, 무사들도.

전부가 운현의 몫을 작게나마 대신 하기 위해서, 그도 아니면 운현의 뜻에 감화되어서라도 움직이고 있는 것이다.

그러기에 삼권호가 할 수 있는 건 오직 침묵뿐이다.

영철과 함께 몸을 움직여, 운현을 위해 마련된 한편에 운현을 눕히면서도 말을 할 수가 없었다.

걱정스러운 표정으로 운현을 한 번 바라보고는, 또 영철을 바라볼 뿐이다.

자신을 걱정해 주는 삼권호의 진심을 전해 받기라도 했는지, 희미하게나마 미소를 지어 보이는 영철이다.

'좋은 사람들을 구했군.'

그러고는 그 미소를 더욱 키우며, 이내 삼권호를 안심시키려 한다.

"괜찮네. 괜찮아. 악역 역할은 황궁에서도 충분히 했네. 이 정도쯤의 악의. 아니, 환자를 생각하는 선의를 아는데 신의에게 미움 좀 받게 되면 어떤가?"

"……송구합니다."

"자네가 미안해할 게 뭔가. 신의나 잘 봐주고 있게나."

"그건 염려 놓으시지요."

"암. 괜한 소리를 했군. 자네인데."

삼권호다. 그리고 의명 의방의 사람이다.

옆에 있으면서 의명 의방을 겪어 간 영철이다. 다른 황궁 무사들도 마찬가지로 영철과 함께 삼권호를 바라봤다.

그리고 그들은 깨달았다.

의명 의방 사람들 모두가 운현에게 감화가 되어 있다는 걸.

또한 그렇기에 모두 신심(信心)으로 운현을 따르고 있다는 걸 직접 눈으로 보고 안 것이다.

이들의 충심이라고 하는 건 황실의 신민이, 황실을 따르는 것 이상. 아니, 그 자체를 초월해 있었다.

운현의 말이라면 뭐든 들을 정도의 충심.

'이들은 신의가 황궁의 어명을 어겨도 따를지도 모르지.'

황궁의 무사인 그이지만, 인정할 수밖에 없을 충심이자, 신심이었다.

그나마 이런 신의 같은 자가, 문제를 일으키기는커녕 선의로 움직이니 다행이라 생각이 들 정도였다.

그걸 알기에 신의를 맡긴 것에 대한 걱정도 없으며, 악역을 굳이 자초한 것일지도 몰랐다.

"……무사들에게 이야기해서 좋은 약이라도 구해 오겠네. 과연 의명 의방의 영약 이상이 될는지는 모르겠네만."

"하하, 말씀이라도 감사합니다. 그럼 잠시 뒤에 뵙겠습니다."

"그러게나."

황궁 무사씩이나 되는 영철이 나감에도, 삼권호는 오직 운현만을 바라보고 집중할 뿐이었다.

진득한 눈빛이었다.

그 모습을 가만 바라보다 이내 영철도 획—하고 나가 버린다.

'어서 구하기나 해 봐야겠군. 허허.'

오랜만에 시원한 기분을 느끼는 그다.

운현이 깨어나면 자신을 원망할지 모르겠지만, 그 정도쯤이야 하는 마음이었다.

신의가 우선 살고 봐야 했다. 신의가 무너져서야 모두가 무너지기만 할 뿐이니까.

자신이 한 일에 보람을 느끼지 못할 리가 없었다.

그가 방을 나서니, 또 다른 의미로 시선이 쏟아진다.

의원들과 무사들 중 감사의 인사를 보내는 자들도 있었고, 또 누군가는 다른 의미의 시선을 보내오기도 했다.

허나 하나같이 눈동자에 담긴 의미가 있다면 그건 운현의 상태에 대한 물음이었다.

그걸 알기에 영철이 답해 준다.

"다들 할 일 하게나. 신의는 잠시 쉬니까."

누군가 꾸벅 고개를 숙인다.

"자자, 다들 약부터 투여해."

"여기부터 오라고!"

그리고 다시 부산스러워진다.

운현이 오기 이전에, 운현이 해야 할 일을 하나라도 줄일 기세로 자신이 할 일을 하며 더욱 바삐 움직인다.

그 사이사이를 스쳐 지나가며 황궁 무사들 중 한 명에게 당도한 영철.

영철과 비슷하게 꽤 날카로운 눈빛을 가지고 있는 그가 영철을 바라본다.

영철은 그를 바라보며 방금 전까지의 표정을 지우고서는 묻는다.

"일의 경과는 어떠한가?"

"……조금씩은 윤곽이 잡혀 갑니다. 신의님이 여러 가지로 정보를 흘려주신 덕분이었습니다."

"그런가. 하기는…… 그나마 여러 가지 정보라도 얻어서 추적이 가능했을지도 걸지도 모르지. 잘해 보게나."

"명! 최선을 다해 보겠습니다."

황궁 무사들은 황궁의 사람에게나 존칭을 할 뿐이다.

그런데도 자신도 모르게 신의님이라고 하고 있는 주제에, 그는 자신이 이상한 것도 느끼지를 못하고 있었다.

영철 또한 마찬가지.

자신도 모르게 신의인 운현의 행동에 감화되어 가는 사람이 늘고 있었다.

또한 지금 이 순간에도 운현의 선천진기가 아니더라도, 의원들의 노력과 그동안의 준비로 차분히 치료가 이어져 갔다.

모두가 자신의 할 일을 해 나가는 것.

분주하면서도, 여유를 가지고 차분하게 움직여 나아가며 하남성에서 운현의 새로운 신화가 쓰여져 가고 있었다.

第十章
추적로(追跡路)

몇 명의 무리가 급하게 움직이고 있다.

환자들을 위해서 무리를 하던 운현과는 또 다른 의미로 고행(苦行)을 하게 되었던 듯하다.

그 일단의 무리 모두 초췌함과 피로감이 가득했다.

온몸이 몇 번이고 땀에 젖기를 반복한 듯 의복도 전부 쭈글쭈글해진 채로, 바삐 몸을 움직이는 모습은 평소 볼 만한 광경은 아니었다.

그나마도 이 무리. 그래, 총 셋의 인원이 초췌해도 봐줄 만하다 싶은 이유는 셋 중 둘의 외모 덕분임이 분명했다.

정확히는 두 여인이었다. 제갈소화와 남궁미.

이 둘은 초췌한 가운데에서도 그들 특유의 분위기는 잃지 않은 듯했다. 아니, 초췌하면 초췌한 대로 아름답다는 게 맞는 표현일 거다.

헌데 지금 당장은 그 나름의 미를 감상할 자도, 감상해 줄 여유도 없었다.

"하악……."

"하아. 하아……."

얼핏 야해 보일 수도 있는 신음을 흘리지만, 그건 그 옆의 당기재조차도 마찬가지였다.

그나마 그는 체력 단련만큼은 평소 게을리 안 한 건지 몰라도 덜 지쳐 보이기는 했다.

그래 봐야 오십 보 백 보이기는 했다.

하지만, 그들에게 지금까지 있었던 일을 생각하면 이 정도의 체력을 보이는 것도 꽤 대단한 일임은 분명했다.

그들의 발에 걸치고 있는 신으로 보아 사람들이 지나가지 않는 관도로 한참을 움직인 듯했다.

자세히 보니 그들 모두 무릎 아래로는 풀물이 들어 있을 정도였다.

여유롭게 등산현을 떠나기 시작한 것과는 너무 반대의 모습이지 않은가.

그럼에도 그들은 신음을 계속 내면서 뛰고 또 뛸 뿐이었다.

아예 관도를 벗어난 지 오래인 산등성이를 타고 올라갔
다. 그러다가 이내.

산등성이 중간쯤 되자 더 이상 움직이는 건 무리라 여겼
는지, 걸음을 멈추어 선다.

"하악…… 하."

신음을 계속해서 내고, 심호흡을 하고. 얼마 있지도 않는
내공을 돌려서 그제야 정상적인 호흡을 찾는다.

그나마 이 정도도 굉장히 빠른 편이었다.

다른 이라면 다시 호흡을 이 정도로 찾는 데에도 반각은
걸리지 않을까 싶을 정도였다.

셋 모두 입에서 단 내가 느껴지고, 힘든 와중에서도 눈은
이지적으로 계속해서 빛이 나고 있었다.

먼저 입을 여는 쪽은 제갈소화였다.

"하아…… 여기까지 왔을까요?"

"크흠. 그래도 분지독을 뿌려 놓아서 잠시 길을 흩트려 놓
을 수는 있었소."

"어찌 알았을까요?"

"모르지요. 다만 우리가 움직이는 게 비밀만은 아니
니……."

무언가를 추리하듯 말하고 있는 그들이다.

그 내용에 관해서는 대충은 알 만했다.

추격을 받고 있는 거다.

누군지는 모른다고도, 안다고도 할 수 있었다. 모순되는 이야기지만 이 호북성에서 그들에게 감히 일을 벌일 만한 자는 많지 않으니까.

암중조직이다. 더 설명할 것도 없는 부분이었다.

"그건 그러하지만…… 이런 식으로 노리는 건 또 처음이군요."

"후……."

"그들도 방법을 달리하는 거겠죠."

선의와 다르게 악의라고 하는 건 참 기가 막히게 변화하는 경향이 있는 듯했다.

뭐 그리 꼼수가 많고, 쥐새끼처럼 몰래 일을 벌일 수 있는 건지.

악의를 이기기 위해서는 선의가 그 몇 배는 되어야 한다는 건 너무도 당연한 말이었다.

그러니, 어둠을 상대하다 보면 상대하는 이 또한 어두워져 괴물이 될 수 있음을 경계해야 하는 것이겠지.

그 악의를 지금 바로 목숨의 위협을 느껴가면서 겪고 있는 셋이기에 비죽이 한숨이 나오는 것까지는 어쩔 수 없었다.

분위기가 축하고 처지는 느낌이었다.

짜악.

당기재가 더는 그런 분위기를 이어갈 수는 없다는 듯 손바닥을 친다.

주의를 자신에게 돌리고서는.

"자자, 여기서 이러고만 있을 수는 없지 않겠습니까? 방법부터 찾아보죠."

"하남이 얼마 남지 않기는 했죠. 문제는 그 경계에도 적이 있을 수 있는 거 아닐까요?"

"그렇다고 관도는 또 무리."

진지해지니 자신도 모르게 짧은 말을 내뱉는 남궁미다.

하지만 그걸 뭐라 할 자는 이 둘 중 아무도 없었다.

다만 상황의 심각함에 진지함이 더해질 뿐이었다.

"부끄러운 상황이네요 정말로. 호북이 이리 되어서야……."

"아닙니다. 아니에요. 사천도 이럴지도 모르죠. 이거 참 무서운 일인데……."

"알리지도 못한다는 게 문제겠죠."

그들이 관도를 피해가는 것. 그건 누가 암중 조직에게 붙어 있을지 확신을 못 하기 때문.

이쪽저쪽, 피아를 가리지 않고 오는 파상 공세에 얼굴을 드러내는 것보다 관도를 피해가는 것이 낫다고 판단을 했을 정도다.

호북의 패자라 할 수 있는 제갈가의 제갈소화가 있음에도 그런 식이었다.

과연 그녀도 공격할 정도라면, 호북성 안에 숨겨진 암중 조직의 뿌리가 얼마나 깊을지는 가늠도 되지 않을 정도였다.

'반쯤은 잡아냈다 여겼는데……'

잡초같이 자라서 셋을 노리고 있다.

이 셋. 특히 이들 중에서 당기재.

그가 하남에 가 운현을 만나게 되면 일어날 일을 이미 알고 있는 것 같았다.

과연 정보력이 어마어마했다. 동원력도 상상 이상이고.

거기에 그 동원력이라고 하는 건 지금 당장에도 발동이 되기 시작하고 있는 듯했다.

당기재가 귀를 쫑긋거린다. 뒤이어 남궁미도.

"……이거 이거. 거의 온 거 같습니다."

"칫."

잠시의 시간을 벌었지만, 어느새 그들에게 가까워지고 있는 게 분명했다.

산 중턱 아래의 풀숲들이 이리저리 흔들리는 게 보인다.

범인이라면 눈치도 채지 못할 만큼의 은밀함이다.

하지만 이미 그 은밀함에 몇 번은 낭패를 겪어 본 셋이 아닌가.

몸은 지쳤을지언정, 긴장감은 최상이었다. 귀를 쫑긋대고, 기감을 최대한 살리는데 느끼지 못할 리가 없었다.

피해야 했다.

차아악— 착.

그때 제갈소화가 품에서 긴 나무 막대들을 꺼내어 들어 푹푹 박아 버린다.

진언이 새겨진 막대였다.

수십 개가 되는 막대를 박아 넣음에도 그녀의 손길에는 거침이 없었다.

진을 만드는 거다.

말이 쉬워 진이지, 간단한 진을 구사하는 데도 어마어마한 계산이 필요한 걸 감안하면, 대단한 두뇌 회전이었다.

"칠삭금동진이에요. 그래 봐야 저들 상대로는 얼마 못 가요."

칠삭금동진법(七削禁動陣法).

최상은 아니어도 중급의 진법이다. 어지간한 상대의 의지는 꺾을 만한 걸 만들어 냈다.

진법 중에서도 꽤 뛰어난 효용을 보이는 진법을 순식간에 만들었음에도 자신이 없어 보이는 그녀였다.

'저들 중에는 진법의 대가가 있으니까……'

오래전 강시를 상대할 때, 겪었던 자연진. 그에 더불어서 제갈가의 첩자가 있음이 분명함을 보여 줬던 수련장.

그 모든 걸 은밀히 구사해 내는 자가 있다는 걸 생각하면 그녀 이상의 진법 대가가 있는 게 분명했다.

해서 지금까지 꺼내 들지 않은 진법이었다.

진을 활성화시켜 봐야 얼마 버티지 못할 게 분명해 보였으니까.

하지만 지금은 이판사판이다.

방법을 가릴 것도 없이 하나씩 다 내밀어 봐야 살아남을 수 있을 상황이다.

그러니 당기재도 독을 풀어가며 버티고 있는 거 아니겠는가.

그녀는 진을 펼쳐냈음에도 만족하지 않고, 남궁미와 함께 눈짓을 하며 방향을 가늠했다.

그리고서 금세 결론을 내린다.

"북쪽으로 가되, 서쪽으로 비스듬히!"

"……이번에는 좀 꺾는 겁니까. 서쪽은 멀어질 텐데요."

바로 발걸음을 옮긴다.

그러면서도 묻기를 주저하지 않는 당기재다. 궁금증도 참지 못할뿐더러, 이유를 알아야 움직이는 그의 성격 덕이다.

"이 방향이 나으니까요. 지금은 믿고 따라주세요."

"흠…… 알겠습니다."

다만 계속해서 계산을 하고 있는 그녀로서는 그 설명의 시간조차도 아깝다고 여기는 듯 재촉만 할 뿐이었다.

'아쉽군.'

이 상황에서도 무언가 배울 수는 있을 것이건만, 얻을 만한 게 없었다.

그래도 아쉬움은 삼킨 채로 바삐 걸음을 옮기는 건 궁금증을 가진 당기재나, 나머지 두 여인도 모두 마찬가지였다.

없던 내공, 아껴 오던 내공을 급히 풀어 가며 거리를 늘리려 노력한다.

'너무 수가 많아…… 진이라도 믿을 수밖에.'

차라리 저들이 수가 적었다면, 생사대결이라도 벌일 텐데라고 생각하며.

그렇게 할 수 있는 모든 수를 사용해 가며 멀어져 간다.

하지만 모든 상황이 그들의 편은 아닌 듯했다.

그들이 떠나가고 남은 자리.

곱게 수염을 기른 중년. 아니, 노인과 중년의 그 중간쯤 되어 보이는 자가 도복을 입은 채로 선두를 지키고 있다.

다른 이들은 모두 복면을 하고 있음에도, 그는 되레 나 보란 듯이 도복을 입고 존재감을 뿜어낼 뿐이다.

하기는 그는 존재감이 컸다.

복면을 했다고 하더라도 그 존재감 때문에 시선이 갔을 게 분명하다.

수십의 복면인이 있더라도 오직 그에게 시선이 머무를 거다.

그자가 자신의 곱게 자란 수염을 만지면서, 무언가 가늠하듯이 계산을 한다. 그러곤.

"이거군."

흐뭇하다는 눈짓을 해 보이고서는 순식간에 손을 움직이기 시작한다.

굉장히 빠른 손놀림. 순식간에 몇 번의 손놀림을 보인다.

콰아앙! 콰아앙! 쾅!

갑작스레 터지는 몇 차례의 폭음.

가타부타 설명도 없이 고수의 상징이랄 수 있는 장풍을 날림에도 그의 뒤를 지키고 있는 복면인들은 흔들림이 없었다.

불길해 보이는 기묘한 붉은빛을 흘리는 장풍을 여러 번 날림에도 그러했다.

기이한 장면이다.

그들은 오로지 그의 능력을 믿는 듯이, 앞을 직시하고 가만히 서 있을 뿐이었다.

와즈즈즈즉!

금가는 소리가 들리더니, 이내 무언가 깨지는 소리가 난
다.

그 귀하다는 유리가 깨지는 소리와 비슷했다.

"됐군."

고개를 끄덕이며 도복의 기묘한 사내가 안으로 들어선다.

그러곤 흔적을 읽는 듯했다.

땅을 매만지고, 맛을 본다. 주변 모든 냄새를 빨아들일 듯
크게 숨을 들이쉬고 내쉰다. 후에는 기감까지 넓게 뻗칠 정
도였다.

그러다 종국에는.

"저기로구나. 저쪽이다. 음…… 그리로 간다면 대충 알 만
하군."

천하의 제갈소화의 생각을 읽어낸 듯이 그들 셋이 움직인
방향으로 정확히 움직이기 시작한다.

대체 누구기에 이런 짓을 벌일 수 있는 걸까.

진. 추적. 장풍.

여러 가지로 고수의 흔적을 내보이는 그였다.

그런 그가 방향을 잡고 이쪽이라는 선고를 내리자마자,
뒤에서 지키고 있던 복면인들이 쏘아져 나가기 시작한다.

그가 하는 말에 아무런 의문도 느끼지 못한다는 듯이.

사람이라면 아무리 믿음직한 상황이라도 작은 의문이라도 들 법도 한데, 저들은 그런 게 없어 보였다.

무언가 부자연스러운 모습이었다.

하지만 이곳에 그 부자연스러움을 뭐라 할 자는 없었다.

기묘한 사내는 그 모습에 만족스럽다는 듯 고개를 끄덕이고서는.

짜르르르—

품에서 주술이 새겨진 큰 방울을 들고 한 번 울릴 뿐이었다.

"클클. 좋구나."

그러곤 자신의 할 일을 다 했다는 듯, 흔적을 쓰윽 지우고서는 먼저 떠나간 복면인들의 뒤를 따라가기 시작한다.

오로지 발끝만으로 움직이는 기묘한 경공이었다.

*　　　*　　　*

그날 이후로 셋 모두 미친 듯이 달렸다.

최소한의 잠. 최소한의 운기. 할 수 있는 한 모든 것을 최소로 하고 움직이던 지난날이었다.

가능한 재간은 모두 사용했다 할 수 있을 정도였다.

그걸로도 부족해서 최소로만 움직였던 셋이지 않은가.

관도도 피해서 오로지 북으로, 또 북으로.

험한 산길을 지나고, 숲을 헤치다 보니 곱던 팔에 생채기들이 생긴 지 오래인데도 앞으로 가기를 며칠이다.

그런데.

"저기!"

"말도 안 돼!"

"헛…… 이건 전혀 예상 밖인데."

당기재의 말마따나 전혀 예상 밖의 일이 일어났다.

최선의 노력을 다했으니, 최상의 결과는 가져 올 수 있겠거니 생각했던 셋.

그들 셋으로서도 전혀 생각지도 못한 예상 밖의 사태가 그려져 있었다.

산길. 가도도 없는 상황. 사람 인적 하나 없어야 할 곳에 많은 인형들이 자리를 하고 있었다.

그들에게 있어서 익숙해지기 싫어도 익숙해져 가던 존재들이다.

복면인.

이십여 명가량의 복면인들이 그들의 앞을 가리고 있었다.

'대체 누구?'

그제야.

"클클…… 아해들이 고생을 시키더구나."

기묘한 미소를 짓는 도복 사내도 눈에 들어온다.

모습을 드러내니 존재감이 큰데도 어째선지, 가장 늦게 눈에 들어오는 이상한 자였다.

그를 보자마자 가장 먼저 자세를 잡는 건 당기재였다.

"이거…… 이거. 반쯤은 유랑하듯 왔는데 밑진 거 같습니다. 쯧."

손해를 본 듯 말하지만, 그의 자세는 독공을 쓰는 자로서 완벽에 가까웠다.

독공이든 암기든 그 어떤 것을 흩뿌리기에 부족함이 없는 모습.

그걸 알아 봤는지 기묘한 사내도 흥미가 어린 표정을 짓는다.

"재미있는 아해로구나. 클클."

기묘한 사내가 다가간다. 당기재도 지지 않고 나아간다.

흡사 실력을 보고자 하는 대련으로 보이지만, 흉흉한 분위기가 그것이 아님을 말해 준다.

한 걸음.

그 한 걸음을 서로 내디뎠을 뿐인데도 사내는 갑자기 멈춰 선다. 계속해서 전진할 기세를 버렸다.

"오호. 빠르구나."

"읽었구려?"

무엇을 읽고, 무엇이 빠르단 걸까. 당기재이니 독이겠지.

한 걸음의 움직임에도 당기재는 세 번의 독을 흩뿌렸다.

비산독, 비소지, 비망지독.

세 개의 비가 들어가 당가에서는 삼비지독이라고 일컫는
독을 흩뿌렸다.

가히 절세에 다다른 독공을 가지고 있기에 단 한 걸음에
세 번의 독을 흩뿌린 거였다.

과연 독공의 대가에게는 일순간의 틈을 줘도 안 된다더니,
대단했다.

그럼에도 상대는 그걸 읽었다.

"한 수 배우는 거……."

"어딜!"

화아악.

갑작스럽게 날린 장풍.

그마저도 당기재의 독을 막기 위한 행위였다.

그때부터 보이면서도 보이지 않는 싸움이 치열해진다.

당기재는 말 한 번. 걸음 한 번. 손짓 하나. 눈짓. 그 모든
게 독을 뿌리는 행위인 듯했다.

거리를 벌리려는 듯 암기를 계속해서 쏘아내면서도, 또 한

편으로는 독을 뿌려대기를 멈추지 않았다.

과연 독으로 살상에 있어 최상의 능력을 보이는 모습이었다!

기묘한 사내도 그에 지지 않고 있었다.

발끝만 쓰는 기묘한 경공으로 암기를 피하기도 하고, 때로는 핏빛 혈장으로 독 자체를 태워버리기도 했다.

열양진기여서 태워지는 게 아니었다.

독을 태우는 것 자체가 그의 혈장이 그만큼 뛰어나기에 할 수 있는 신기였다!

열양진기라고 하기에는 기묘한 사내의 혈장은 더욱 끈적하고 음습했다.

열양진기를 전문으로 익히지 않았음에도, 무식한 무위로 열양진기와도 비슷하게 독을 태워 버리고 있는 거였다.

어마어마한 위력!

그 위력에 손에 땀을 쥐며, 제갈소화와 남궁미도 조심스레 움직이기 시작한다.

도망? 그따위 것은 생각도 안 했다.

의리가 쌓일 만큼 오래 같이한 것은 아니지만, 당기재를 버리고 갈 수는 없어서다.

그들은 사파 무인처럼 자신의 안위부터 생각하는 여인들은 분명히 아니었다.

다만 기묘한 사내와 당기전의 일전에 끼지 못함은, 정파인으로서 체면을 생각해서가 아니었다.

낄 수가 없었다.

"……."

기묘한 사내 바로 뒤에서 그들을 견제하고 있는 복면인들 때문이다.

'대체 무슨 영문일까.'

지금이야 아무런 상관도 없는 병풍인 양 뒤에서 머무르고 있을 뿐이었다.

오로지 기묘한 사내의 명령이 있어야만 움직일 듯이 그러고 있었다.

또한 동시에 기묘한 사내의 작은 손짓이라도 있다면 언제라도 몸을 날릴 만한 준비가 되어 있어 보였다.

자세는 단지 서 있는 자세라 할지라도, 언제든 튀어나갈 수 있도록 하체에 기가 집중되어 있음은 누구나 느낄 만한 상황이다.

부자연스러운 광경이었다.

第十一章
우연에 우연

"흐흐흐."

"장난은 거기까지!"

그 부자연스러운 광경에서도 둘의 대결은 계속해서 이어
졌다.

흡사 원수지간을 만난 듯 둘은 계속해서 장을 날리고, 독
을 뿌리며 치열하게 다퉈나갈 뿐이었다.

그러다 작은 간극이 일어난다.

천하에서 이름을 드높이는 기재라고 하더라도 채울 수 없
는 것.

경험.

그 작으면서도 큰 것이 당기재의 발목을 잡았다.

'아차.'

산속 나무들 사이로 비치는 햇빛. 그걸 유도하듯 어느새 자신의 몸에 있는 장신구로 반사를 시킨 기묘한 사내.

얕디얕은 수!

고수들끼리의 싸움에서는 도무지 일어나지 않을 거라 여겼던 얕은 수가 순식간에 당기재의 시야를 가려버렸다.

분명 촌각도 안 되는 시간이었다.

하지만 때로는 그 촌각도 안 되는 시간이 고수들끼리의 대결에서 승패를 좌우한다는 건 상식 아닌가!

"클클."

혈장이 당기재를 향해서 순식간에 쏘아져 나간다.

갑작스러운 위기!

그 위기에 눈을 찡긋하면서도 당기재는 끊임없이 발을 놀렸다.

쉽게는 당할 수 없다는 듯 계속해서!

뒤로! 또 뒤로!

"흐읏……."

하지만 잠시를 버틸 수 있는 그런 한 수였다.

고수들의 싸움에서 보일 법한 기술은 아니었다.

지금 당기재의 경공술은 잠시의 위기를 모면하기 위한 무리수였을 따름이다!

그 큰 무리수로 피할 수 있는 공격이었더라면, 기묘한 사내는 혈장을 날리지도 않았을 거다!

고수인 주제에 얄디얄은 수를 사용하는 게 우스울 따름.

"크흐……."

한번 잡은 승기를 놓아줄 수는 없다는 듯, 기묘한 사내는 계속해서 당기재를 몰아붙이기 시작했다.

한편으론.

"안 돼요!"

그걸 바라보던 남궁미가 검을 뽑아 나서려 해 보지만, 제갈소화로서는 입술을 질끈 깨물며 막을 수밖에 없었다.

"저기도 나서면 그때는 더 승산이 없을지도 몰라요."

"칫……."

순간의 혈기로 나설 뻔했지만, 남궁미도 바보는 아니다.

제갈소화의 말이 맞음을 안다.

그러니 그녀도 입술을 잔뜩 깨물면서, 꺼내어 들었던 검을 휘두르기를 멈춘다.

다만 참을 수 없다는 듯 자세는 그대로 잡고 있었다.

복면인들도 그대로 대치를 하며, 자세를 더욱 깊이 잡는다.

그 기묘한 대치.

기묘한 대치 상황을 배경 삼아 당기재를 연신 혈장으로 뒤로 물리고 있는 사내였다.

이대로라면 정말 언제라도 당기재가 당하는 게 이상해 보이지 않는 상황!

'이 수밖에 없는가.'

결국 많은 눈이 있음에도, 당기재가 결심을 한다.

구명절초.

자신의 목숨이 걸렸을 때야 사용하라고 자신의 아비가 주었던 품속 깊이 있는 독을 잡는다.

"크흐흐. 그래. 그래야지."

상대는 그조차도 눈치를 챈 듯했다.

무슨 상관이랴.

알고도 막을 수 없게 하는 것이 구명절초다. 괜히 목숨을 구해 주는 절초가 아닌 것이다.

당기재로서는 그게 독인 것이고!

콰가가가가각!

만천화우 정도는 아니더라도 백천화우는 되는 듯 모든 암기를 흩뿌리기 시작한다.

한 사람의 품 안에 무슨 암기가 이리도 많이 들어가는지!

순식간에 어마어마한 암기가 기묘한 사내를 향해서 쏘아져 나간다.

"크아아!"

동시에 소리를 친다. 얕은 수랄 수 있지만, 조금이라도 상대의 주의를 돌리기 위함이다.

그리고 순간 품에서 나아가는 희미한 연기.

보통이라면 볼 수도 없을 그런 연기가 살아 있는 생물이라도 되는 양 암기처럼 쏘아져 나간다!

연자생독.

당가에서 개발을 하고도 직계를 위해서 꺼낸 바가 없었던 것이 당기재에 의해서 꺼내어졌다!

백천화우. 암기. 아득바득 지르는 고함.

'할 수 있는 건 다 한다.'

모든 걸 쏘아 보낸 당기재다.

그가 할 수 있는 최선의 것을 해낸 그.

하지만 그 결과는 오로지 기묘한 사내의 흥미롭다는 표정일 따름.

"클클."

당기재의 다급함을 만들어 놓고도, 그 다급함은 자신에게 전혀 소용이 없다는 듯 손을 놀리기 시작한다.

손을 교차해 가면서 혈장을 하나씩 날리던 건 장난이기라도 했는가?

쓰아아아악! 쓰악!

'나눠져!?'

양손에서 교차하며 내뱉는 혈장은, 하나씩 나오는 것이
아니었다.

흡사 당가에서 암기를 여럿 날리듯이, 나눠진 혈장이 순식
간에 여럿씩 쏟아진다.

그러곤 암기를 향해서 달려든다.

참으로 효율적으로도 달려들었다.

혈장이 암기보다 수는 적지만, 나눠진 혈장 하나에 암기
몇 개가 튕겨진다.

그도 아니면 힘을 잃고서 떨어져 내린다.

만천화우는 못 돼도 절정고수가 최대한의 실력을 보인 암
기를 잘도 막아댄다.

허나 마지막의 백미는 그래도 연자생독이었다!

구명절초이자 현재의 당기재에게는 모든 것이라 할 수 있
는 것!

살아 있는 듯 쏘아져, 암기보다도 더 빨리 사내에게 거의
도달한다!

과연 구명절초인가.

그에게 도달을 했으니.

'끝이다. 흐, 수지는 맞지 않지만…….'

기묘한 사내가 죽는 건 당연한 이야기라 생각했다.

당기재가 아는 한 연자생독에 당하고서도 살아남을 수 있는 자는 화경이라도 몇 되지 않을 테니까!

아니 화경이라도 감히, 부상은 확실히 입힐 수 있다고 여기는 게 연자생독이었다.

그런데 그런 독을 기묘한 사내는.

꿀꺽.

"크흐……."

독한 술을 마시는 것이라도 되는 듯 삼켜 버렸다.

"미친!?"

독을 삼켜? 자신도 모르게 외치는 당기재였다.

제갈소화나 남궁미마저도 진정 말도 안 되는 상황이라 여겼기에, 눈이 크게 뜨여진다. 더 커질 수 없을 듯 아주 크게.

'여태껏 싸운 건 뭐란 말인가.'

죽겠지? 죽을 거다.

그 강한 독에 적중되는 것으로도 모자라 삼키지 않았는가. 그러니 죽을 것이 분명하다.

'어쩌면…… 그래 어쩌면…….'

기묘한 사내는 할 수 있는 한 모든 것을 내보이고, 화려하게 죽음을 택한 걸지도 몰랐다. 어떤 사연이 있어서.

저기 저 사내가 덜덜 떨고 있는 걸 보라.

복면인들이 아무 반응도 하지 않는 게 이상하지만, 그래도 저 떨림은 진짜였다.

독에 중독된 듯한 모습이다.

얼굴이 붉어지다 못해 누레지고, 이내 파래진다.

'그리고 녹아야지.'

그 뒤 한 줌 혈수가 되어야 했다. 그게 설사 절정의 고수라 하더라도!

그게 연자생독의 중독 상태를 나타내는 지표이자, 연자생독이 구명절초가 되는 이유였다.

사내는 절정이라도, 화경이나 초절정은 안 되어 보였으니 그게 당연했다.

분명 대단했지만, 언제고 당기재가 따라잡을 수 있을 거라고 여긴 그런 자다.

그런데.

"크르…… 크…… 클클. 좋구나."

"……무, 무슨."

너무 놀라면 말도 나오지 않는다고 하던가.

위기의 상황, 수세에 몰리면서도 이성적으로 자신이 살아남을 해법을 찾던 당기재도 말문이 막혀 버렸다.

독을 꿀꺽 삼키고도 좋다니?

뭐가 어떻게 돌아가는 상황이란 말인가.

"클클."

뚜둑. 뚝.

그들의 궁금증은 풀어 줄 생각도 없다는 듯 목을 툭툭 꺾는 기묘한 사내였다.

그도 모험을 한 것인 듯 안색은 분명 좋아 보이지 않았다. 땀을 뻘뻘 흘리고, 몸도 덜덜 떤다.

그럼에도 그가 연자생독을 먹고도 살아 움직일 수 있는 건 사실이었다.

부자연스럽게 그의 움직임이 점차 빨라지기 시작한다.

정상은 아닌데도, 정상을 찾아가는 느낌이다.

"클클…… 더 없느냐?"

절망에 빠져 가는 셋을 놀리기까지 하고 있었다.

기묘한 사내가 더. 더. 가까이 다가오기 시작한다.

'위기다.'

당기재를 포함해서 모두의 머리에 같은 생각이 든다.

아무리 그들이라고 하더라도 이 상황에서는 어찌할 방안이 보이지 않는 상태였다.

애써 재간을 부려 보려 해도 이 차이는 거스르기 힘든 전력의 차이다.

'압도적이진 않지만⋯⋯.'

그래도 그동안 수련으로 힘을 쌓아 놓은 바가 있어 쉽게 물러서지만은 않을 수 있는 건 분명했다.

죽더라도 쉽게 죽지만은 않을 거다.

저 비릿한 웃음을 짓는 기묘한 사내에게 한 방을 먹일 수도, 사내를 따르는 복면인들 중 반수 이상은 같이 저승길 동무로 삼을 수도 있을 거다.

하지만.

'딱 그 정도⋯⋯.'

저들을 전멸시키거나 이 위기를 벗어날 수 있다는 생각은 절대로 들지 않는 상황이다.

셋의 머리에 죽음이 그려진다.

그걸 아는 듯, 아니면 그 상황을 즐기기라도 하는 듯이!

"크흐흐. 어디 더 재밌는 걸 내놓으래두?"

기묘한 사내는 속도를 더 올리지 않고 유지한 채로 그들에게 다가오기 시작한다. 압박한다.

할 수 있는 건 더 해 보라는 듯이!

고양이가 쥐를 가지고 놀듯이!

계속해서 그들을 압박하며 즐기고 있을 뿐이었다.

그러다 이내 거리가 좁혀져 간다.

잘해야 세 보에서 네 보 정도. 아주 짧은 거리만을 남긴 채로 사내와 셋이 서로를 바라보는 그 상황.

복면인들이 다가오기 시작하고, 기묘한 사내가 독의 여파가 남았는지 다시 잘게 몸을 떨기 시작하는 그 상황에.

'하나는 데려간다.'

'……쉽게는 안 돼.'

제갈소화, 남궁미, 당기재. 셋 모두 필사의 각오를 다진다.

그들이 절망하기라도 바랐던 걸까.

절망에 미쳐서 목숨이라도 구걸하는 정파 후기지수의 모습을 보고 희열을 느끼기를 바랐나.

검을 곧추세우고 자세를 잡으며, 죽고자 하는 그들의 모습을 보는 기묘한 사내.

그의 표정이 찡그려지다 못해 아주 일그러진다.

자신의 마음에 들지 않는 것, 상상도 하기 힘든 그 어떠한 것을 본 듯이!

더 크게 몸을 부르르 떤다.

그러더니 떨던 몸을 고쳐 세우고서는,

"크흐. 잡것들은 여전하구나. 더 없으면 어쩔 수 없지. 이만 죽엇!"

쓰아아아아아앙!

혈장을 날려 버린다.

당기재를 향해서였다!

아까보다는 훨씬 위력이 떨어졌지만, 당장 구명절초까지 사용한 당기재로서는 막기도 힘든 혈장이다.

"어딜!"

타아앙!

그걸 제갈소화가 나아가 자신의 검을 휘둘러 막는다.

제갈가. 전략가의 검이라고도 불리는 곳의 여식답게 순식간에 혈장의 약한 부분을 찌르고 들어오는 검이었다.

그 검이 혈장을 녹이기 시작한다.

단순한 찌름임에도, 혈장의 핵을 찌르는 뭔가가 있었다!

몇 번이고 혈장을 보았기에, 분석해서 해낼 수 있는 일! 제갈소화이기에 가능한 일이기도 했다.

흡사 검이 파도를 가르듯 혈장을 막기 시작하는데.

"쳐라!"

더 볼 것도 없다는 듯, 흥미가 식은 표정으로 명을 내리는 기묘한 사내였다.

자신은 힘이 떨어졌어도 복면인을 믿는 바가 있으니 위기감 따위는 전혀 보이지도 않았다.

"명!"

그런 그의 명을 따라, 제창하고선 움직이기 시작하는 복면인들.

지금까지 기다려 온 것이 그들로서는 인생 최대의 인내심을 보이기라도 한 것인 듯 쏘아지는 기세가 매섭기 그지없었다.

순식간에 쏘아져 나가는 그들과의 대치.

아니 부딪침!

가장 앞서 나가는 자는 남궁미였다.

제갈소화는 이미 혈장을 날려대는 기묘한 사내를 상대하고 있으니, 그녀 외에 나설 자가 없기도 했다.

"……더는 안 돼."

"크흐. 미안하오!"

당기재로서는 구명절초도 사용하였으니, 잠시라도 몸을 추슬러야 할 때였다.

"괜찮아요."

그가 미안하다 말하지만, 그로서도 최선을 다한 것을 안다.

게다가 당장은 아니더라도, 그에게 남은 독이 더 있다면 분명 이 상황에 도움이 될 수 있을 거다.

'아직은 아냐.'

그러니 희망을 가지고서 제갈소화와 남궁미가 분투를 벌이기 시작한다.

*　　　　*　　　　*

"키히히, 계집들!"

하지만, 결국 한계란 게 있었다.

처음 예상을 한 바대로 상황이 흘러가기 시작한다.

기묘한 사내가 억눌러 온 욕망을 표출하듯 그 특유의 기묘함이 더해지고 또 더해질 때마다 밀리는 쪽은 복면인 측이 아닌 그 반대편이 됐다.

"하악…… 하……."

"이런."

뒤늦게서야 몸을 수습하던 당기재도 나서서 복면인 몇을 황천길에 보내긴 했다.

약한 독이나마 조합하여 조합독으로 저들을 처리한 거다.

'기묘한 놈들.'

사람이 아닌 듯, 비명도 없이 픽픽 쓰러져 가는 그들을 상대로 꽤 분투를 했지만 역시 밀린다.

저 기묘한 사내도 문제고 복면인도 문제다.

"녀언!"

"큿……."

결국 크게 일이 발생한다.

애써 혈장을 분석해 내고, 치고, 분투하던 제갈소화도 밀리기 시작했다.

복면인들이 기묘한 사내를 도와줘서긴 하다지만, 이건 너무 빠른 감이 있었다.

'지치질 않아?'

당기재에 이어서 제갈소화를 상대하는데도 육체적으로 지쳐 보이지 않는 기묘한 사내가 문제였다.

독을 흡수하고, 혈장도 쉼 없이 날린 주제에도 지치지를 않는다.

흡사 혈장을 뿜어내기 위해서 몇 갑자의 내공이라도 쌓은 듯한 모습이었다.

운현이야 억만금을 들여서 그런 일을 벌였다지만, 어디 다른 사람도 그럴 줄 누가 알았으랴. 이건 너무 무지막지했다.

하지만 또 잘 생각해 보면.

'아니, 그것과는 달라. 단지 내공만이 문제가 아닐지도.'

분석을 해대며 혈장을 막아 내는 제갈소화가 보기에 저 기묘한 사내는 뭔가 어긋나 있는 자였다.

스아아아아! 스앙!.

미친 듯이 날려대는 혈장도 무언가 분석하면 할수록 이상했다.

당기재가 상대할 때까지만 하더라도 거리가 멀어서 몰랐지만, 지금은 가장 앞서 상대하는 제갈소화 아닌가.

그러니 안다.

'이상해.'

생기가 전혀 느껴지지도 않는다. 사람으로서 가진 투기도 옅다.

단지 기묘한 표정과 분위기만이 저 사내의 비뚤어짐을 가감 없이 제대로 보여 주고 있을 뿐이었다.

단순히 미친 사람이라고만 하기엔 또 달랐다.

'뭔가 있어.'

분명 뭔가 있다.

하지만 그 뭔가를 알아내기 이전에 죽을 판이다.

"끝을 내자, 계집!"

기묘한 사내도 제갈소화가 자신을 관찰하고 있는 걸 느끼기라도 한 듯, 인상을 팽— 찡그리고서는 혈장을 더 강하게 날리기 시작한다.

밀리고. 밀리고. 또 밀리고.

계속해서 밀리다 보니, 어느덧.

'칫…….'

나무에 등이 닿아 버리는 제갈소화다. 그런 제갈소화에게로 복면인 셋 정도가 뛰어 든다.

차앙!

복면인과 제갈소화가 부딪치기 시작한다. 아주 빠르게.

그 사이를 노리고.

"그만 가라!"

화악!

혈장이 그녀를 향해 달려드는 그 순간!

"안 돼!"

놀란 남궁미의 외침이 들리던 그때에!

"악적!"

어디선가 모습을 드러내는 자가 분명 있었다.

아주 익숙하면서도, 또한 낯선.

그런 존재가 한참을 헤매고 찾아냈다는 듯 희열 어린 눈을 한 채 기묘한 사내를 향해서 검을 내지르고 있었다.

화아아앙!

그리고 그 검은 단순히 검이 아닌, 검기, 검사를 형성하다가 이내 검환이라도 된 듯한 무언가를 쏘아내기 시작한다.

검강의 단계에서도 날리기 힘든 것을 날리다니, 말도 안 되는 상황!

멀리서 얼핏 본 남궁미로서는.

'……검환이랑은 달라. 저쪽도 묘해.'

저 사내가 날린 검기인지 검환인지 모를 묘한 것을 보고 느꼈다.

그 형체는 그녀가 알던 어떤 무공 지식에 있던 것이 아닌,

전혀 새로운 것이었다.

아니면 어떤 경지에 이르기 이전에 억지로 만들어서 날려 댄 검환일지도 몰랐다.

형태가 완벽하지 못하다는 소리다.

허나 지금 상황에 그게 무슨 상관이랴.

'그래도 제발!'

제갈소화를 향해 날아가는 혈장. 그걸 묘하든 묘하지 않 든 간에 막아만 주면 되는 것 아닌가!

혈장과 검기인지 모를 다발이 부딪친다.

콰아아아앙!

이어지는 폭음.

거대한 폭음이 일었지만, 이들 중에서 눈을 감거나 피한 자는 없었다.

당장 어떤 상황이 일어났는지 보려 노력을 할 뿐이었다!

두 기운의 부딪침으로 만들어지던 먼지다발들이 사라지고 전에 없던 광경이 눈을 가득 채운다.

전혀 예상치 못한 광경이었기에 제갈소화를 비롯한 셋의 눈이 가득 커진 건 당연했다.

"큿……."

혈장을 날리며 셋을 농락하던 기묘한 사내.

그는 검기 다발이 그에게 상극의 힘이라도 되는 듯 혈장과 검기 다발의 부딪침이 있자마자 몇 걸음 물러난 듯했다.

잔뜩 낭패 어린 기색이었다.

당기재가 날린 구명절초의 연자생독을 맞고도, 아니 아예 먹어버리고도 멀쩡했던 그의 모습과는 전혀 대비되는 모습이었다.

"크흐……."

아예 내상이라도 입은 모습이다.

검기의 다발이 그의 어떤 약점을 건드리기라도 한 모습이다.

"……!"

그 순간 복면인들이 기묘한 사내를 보호해야겠다 여겼는지, 갑작스레 등장한 사내를 향해 몇씩 쏘아져 나간다.

그게 제갈소화를 비롯한 나머지에게 살 수 있는 틈을 만들어 줬다.

어렵사리 대치를 하다가 몇이 빠져나가자 그게 틈이 된 거다.

여유가 생겼고, 그 여유는 자연스레 상대를 압박하는 데 사용을 할 수 있게 됐다.

'살았어.'

갑작스레 모습을 드러낸 자가 누군지는 상관이 없었다.

저자가 복면인 몇과 기묘한 사내의 전력을 깎아준 것으로 당장 목숨을 부지할 수 있다는 게 중요했다.

그리고 부지한 목숨으로.

스아악—

"죽어."

"큿……."

셋을 압박한 복면인들을 죽일 수 있다는 게 중요할 뿐이었다.

복면인 하나의 목을 딴다. 다시 복부에 검을 박아 넣는다. 이내 허벅지에 길게 검상을 입힌다.

그동안 당한 설움을 풀기라도 하는 듯, 남궁미나 제갈소화의 손속에는 거침이란 게 없었다.

우연.

아니, 어쩌면 우연을 가장한 필연이라는 것이 그녀들을 살리고 있었음을 그때까지 전혀 몰랐던 제갈소화나 남궁미였다.

第十二章
다른 측면

'아직도인가.'

모두가 칭송이 자자하다.

운현이 아니면 죽음의 위기에 처했을 자들이 살아났으니 당연한 칭송이다.

실상은 새로운 치료법을 개발하기보다는 그동안 쌓은 것을 사용했을 뿐.

치료에 가장 큰 효용을 보인 것이 운현이 가진 선천진기의 힘이라는 사실은 그들에게 중요한 게 아니었다.

단지 살아났다는 게 중요했을 뿐이다.

"살았으면 되었지."

황실 측에서도 지금을 잘 이용하려 들었다.

민심이 동요하는 가운데에서, 황녀가 호기신의를 불러들였다.

신의는 과연 신의의 이름에 어울리는 실력으로 치료를 해냈다.

의선문에서도 해내지 못한 치료를 했다!

이 정도면 선전을 해내기에 충분하지 않은가. 낮아진 민심을 달래는 데는 충분하고도 남았다.

아니, 어쩌면 넘친다고도 할 정도였다.

호북성에 이어서 하남성에서조차 운현에 대한 돌풍이 돌고 있는 것이다.

그런 한가운데.

그 돌풍을 만들어 낸 운현은 밝은 표정을 짓기보다는 되레 날이 갈수록 어두워져 갔다.

피로해서? 선천진기가 달려서?

차라리 그런 것이었더라면 나았다.

이제는 그 정도도 벗어났다. 운현의 경지가 갑작스레 올라서가 아니었다.

"영약이라면 얼마든 줄 수 있네."

황실. 그것도 황녀를 호위한다는 영철이 붙어 있지 않나.

그가 손수 발품을 팔고, 명을 내리는데 영약을 못 구하겠는가?

당장 황실에서라도 중원의 상황이 좋지 못한 가운데 민심을 달래는 운현을 어여삐 보는 상황인데, 그럴 리가 있겠는가.

영철의 생각보다도, 아니 그가 가진 권한보다도 영약은 쉬이 구해졌다.

그리고 그 영약들이 운현에게로, 그도 아닌 급이 떨어지는 것은 그 아래 의원들에게까지 전해졌을 정도다.

황실 입장에서는 그깟 영약을 주고 민심을 달랜다면 싸게 먹히니 줄을 서서 오고 있을 정도다.

그런데도 운현이 그러고 있으니, 자연스레 그를 지켜보는 영철의 표정도 어두워진다.

'문제가 있는 것인가.'

다른 이들은 역병의 영역이 점차 잠잠해지고 있으니 그것을 축복으로 여기고 기뻐하고 있으나, 그 이면에는 다른 것이 있는 게 아닌가 걱정이 든 것이다.

'이럴 때는 정면으로 나서는 게 나을 터.'

운현을 배려해서 달리 말은 하지 않고 있었으나, 어두움이 깊어지니 어쩌겠는가.

결국 한참 치료를 마친 그날 밤.

운현은 치료를 더 하겠다고 나서지만, 모두가 말리고 있는 그 밤에 영철이 나서 물었다.

"대체 무슨 고민이 있는 겐가?"

잠시 영철을 바라보던 운현이 달리 털어 놓을 사람이 없다 느꼈는지, 잠시 고민하다 털어 놓는다.

'황실에서 나왔으니, 영철이라면 도움이 될지도 모르지.'

하는 생각도 어느 정도 작용한 것은 운현도 아니라 말하지는 않으리라.

"올 사람이 안 오고 있습니다."

"올 사람이? 여기 더 올 사람이 있는 것인가. 이미 치료에는 문제가 없는데?"

"예. 치료도 치료지만, 그보다는 현상에 대해서 파헤쳐 줄자가 필요했습니다."

"치료와 현상이 뭐가 다르다는 것인가."

"흠……."

어떻게 설명해야 할까.

자신은 쉽게 사용하는 말도, 영역이 다른 이에게는 쉽게 받아들여지지 않을 수 있는 게 당연한 일이다.

'좀 풀어서 설명해야겠군.'

운현으로서는 영철이 말을 이해할 수 있도록 잠시 머리를 정리했다.

피로도가 쌓여서인지 평소보다는 정리를 하는 데 오래 걸렸다.

"……."

영철도 그 정도 기색은 살펴 볼 눈치는 있었던 건지 가만 침묵을 유지하고서는 정리하는 운현을 지켜 볼 따름이었다.

아주 약간의 시간 뒤.

"현상이라고 하는 것과 치료는 다르게 되는 겁니다. 쉽게 말해 원인을 알고자 하는 것이온데……."

운현의 설명이 이어진다.

치료를 하는 건 좋다.

치료를 위해서 선택한 직업이 의원이라고 할 수 있지 않은 가.

아무리 피로가 느껴져도, 온갖 더러운 꼴을 다 보더라도 치료를 함에 거침이 없는 운현의 모습을 이미 본 지 오래다.

그 진심을 영철은 금방 알아들었다.

그런데 문제는.

"현상이지요. 이 역병이 일어나게끔 하는 현상."

"현상이라? 쉽게 말해 원인인가."

당장 병이 일어나게 되는 원인이었다.

다른 이들은 당장 닥친 병의 치료에 대해서 논할 때.

운현은 그보다 한발 더 앞서 나갔다. 아니 앞서나가야만 했다.

'돌아가는 상황이 심상치 않아.'

다른 이들은 단순히 치료를 끝내는 것만으로도 만족할지 모른다.

운현이 지역 하나를 치료할 때마다, 마을 하나를 구원할 때마다 만족이 늘어가지 않는가.

자연스레 민심이 좋게 흘러가고 있을 정도다.

하지만 그 이면까지 생각해야 했다.

지금 당장 병을 막기만 해서야, 원인을 처리하지 못하면 언제고 역병은 다시 들고 일어날 수 있다.

해서 운현은 다른 이들이 치료에 열광할 때 그 뒤를 보는 거다.

'삭초제근(朔草諸根).'

원인이 될 것을 아예 제거하려는 참이다.

또한 그 원인이라고 하는 것이 그저 자연스러운 것이라고 하기에는 걸리는 바가 많았다.

자연스레 일어난 역병이었다면 감히 삭초제근이라 말하지 못했을 것이나, 그렇지 않기에 이리 삭초제근을 하려 하는 거다.

해서 그에 대해서 설명을 하던 운현이었으나.

"그렇지요. 저는 이게…… 음……."

막상 자신의 생각을 영철에게 말하는 부분에서 걸리기 시작한다.

영철이라면 그가 필요로 하는 사람, 본래부터 이곳에 도착해야 할 자들을 부르는 데 도움을 줄 수 있을지도 모른다.

허나 달리 보자면 그는 황실의 사람이지 않은가.

'지금 의견을 말하게 된다면……'

운현의 의견은 전서구를 타고서 자연스럽게 황녀와 그 뒤의 황실에 들어갈 것이 분명하다.

자신의 안위를 위해서만 사는 운현은 아니라지만, 만약 운현이 말한 바가 틀리다면?

운현의 예상이 틀리면 어떻게 되겠는가?

'혼란만 가중될 뿐 얻게 되는 것은 없다.'

운현이 있는 자리가 자리인지라 함부로 말을 할 수가 없었다.

누군가는 답답하게 움직인다고 할 수 있으나, 지금 그의 진중하고도 침착한 모습은 전생을 겪은 전생자로서의 침착함일 뿐이었다.

하나만 보기보다는 여럿을 보고, 여러 측면을 살펴서 진중하게 행동하는 것을 누가 뭐라 하랴.

되레 운현 정도의 자리에 있는 자라면 그리 행동하는 게 맞았다.

차라리 운현 홀로 움직인다면 모를까.

지금에 이르러서는 의명 의방을 이끌며, 이통표국에도 관련이 돼 있으니 더욱 그러해야 했다.

그 기색을 읽었는가.

운현이 인상을 찡그리며 망설이는 것을 바라보면서 같이 뜸을 들이던 영철이 선수를 쳤다.

"……황실에는 보고를 않지. 그 정도는 해 줄 수 있네. 내 맹세하지."

"그렇습니까? 흐음."

그의 답에도 운현은 망설인다.

눈짓으로 여러 곳을 가리킨다. 그제야 영철도 의미를 알았다.

"다른 이들은 모두 물러가게. 내가 책임질 터이니."

스ㅇㅇㅇㅇ—

그제야 인기척들이 사라지기 시작한다.

다른 이들은 몰라도 운현의 강한 기감에 잡힌 자들이다.

숨어 있는 황궁 무사들이다.

영철의 호위, 정보 수집. 여러 이유로 숨어 있는 자들이랄까. 처마, 의방, 치료실. 그 어디에라도 알게 모르게 그들이 있었다.

본래부터 모습을 드러낸 황궁 무사들과는 다르게 은밀하게 움직이고 있음을 적어도 운현은 알았다.

그들이 물러났다.

"되었는가? 이제 이야기를 해 주게나. 자네의 생각은 어떠한지."

"예. 실상 저는 이곳에 오기 전부터 의심을 했습니다. 과연 이게 자연적인 것인지를……."

영철이 운현의 말을 순간 끊는다. 그만큼 놀란 기색이었다.

"자연적인 게 아니란 말인가? 설마? 그렇다면 인위적인 것인가!"

"……흥분을 가라앉히시지요. 아직 정해진 건, 아니 알아낸 건 아무것도 없습니다."

"그래도 자네가 그리 예상을 한다는 거 자체가……."

말을 쏟아내다가 집어삼키는 영철이다.

운현이 알아내었더라면, 가설에서 끝나는 것이 아니라는 걸 알지만.

'정해진 건 없다 하였다.'

쉽게 확신을 가지기에는 이 일의 중함이 보통을 넘는 것을 알기에 중간에 입을 다문 것이다.

"후우……."

영철이 길게 한숨을 내쉬고, 놀랐던 그의 마음을 가라앉히는 동안을 운현이 기다린다.

대화는 많지 않았음에도 서로 배려를 하느라 이래저래 오래 걸려 가는 대화였다.

그리고 이내.

이성을 찾은 영철이 물었다.

"자네가 가설을 이야기한다면서 말을 함은, 원하는 게 있어서겠지?"

"바로 맞추셨습니다. 사람이 필요합니다."

"여기 있는 사람으로는 안 되는…… 아니, 안 되니까 그러했겠지. 그래, 누가 필요한가?"

"사실 이미 불렀었습니다. 문제는 그들이 와야 할 시간임에도 오지 않은 것이 문제이지요."

"흐음……."

운현의 말을 들은 영철의 표정이 같이 굳어져 간다.

올 시간이 되었는데도 오지 않음은, 여정에 문제가 발생해서임을 말하지 않아도 알 그니까 금세 결론을 낸다.

"무사들을 보내야겠구먼. 이유는 다른 이유로."

"예. 약재가 필요하다든가 하는 이유로 찾아주셨으면 합니다. 황궁 무사들을 동원해서라도요."

"바로 이해했네. 바로 해 주지."

"부탁드리겠습니다."

운현의 요청을 이해한 영철이 고개를 끄덕인다.

당장에 몸을 일으켜 운현의 뜻을 들어주려던 그가 우뚝 멈춰 선다. 그러더니 약간은 서운한 표정을 짓고서는 말한다.

"다음부터는 이런 일이 있다면 바로 말하게나. 내 자네라면 어지간한 청은 다 들어줄 수 있음이니."

"……다음부터는 그리합지요. 배려 감사합니다."

다른 이는 몰라도, 자신을 믿지 않고 이제야 말을 하는 것에 대한 책망 아닌 책망이었다.

운현으로서는 지은 죄(?)가 있으니 알았다며 고개를 끄덕일 수밖에 없었다.

영철은 그제야 만족스러운 기색을 보이더니 운현과 함께 있던 방을 나섰다.

그러곤 운현이 불러들이기로 했던 자들을 부르기 위해서 명을 내리기 시작했다.

"샅샅이 찾아라. 문제가 있다면 그 근본까지도!"

"명!"

명을 받은 황궁 무사들이 재빠르게 움직이기 시작한다.

*   *   *

길은 험하기만 했다.

길 자체가 험해서가 아니라, 그들에게 주어지는 관심이 너무도 커서겠지.

복면인들을 다 처리하고, 기묘한 사내까지 처리를 하고 얻은 게 많은 것이 독으로 작용할 줄이야.

'살아도 산 자들이 아냐.'

기묘한 사내의 정체.

아직까지는 그들만 아는 그 비밀을 간직한 대가로 제갈소화를 포함한 사 인에게 공격은 계속되었다.

왜 사 인이냐고?

"세상에 우연이 어디 있겠습니까? 다만 인연이 닿은 거지요."

"자세한 건 말씀 안 해 주실 거지요?"

"돌아가시면 아시게 될 겁니다. 운도 좀 닿기는 했습니다."

운현의 형, 명학. 무당파를 떠나서 움직이기 시작했던 그가 흘러 흘러서 운현을 만나고자 나섰다가, 그들과 함께하게 됐다.

세상에 이런 우연이 있나 말을 할 수도 있겠지만, 이건 우연이라고 보기에는 힘들었다.

'인연이지.'

도가의 무당파에 있는 명학이지만, 인연이 낳은 사슬의 결과로 저들을 만나게 된 거다.

무당파를 나선 그, 동시에 운현의 형인 그.

운현이 그동안 호남에 쌓은 인연들. 거기서도 특히 하오문.

그 여러 가지들이 겹쳐지고, 얽혀서 명학을 그들에게 이끌었다.

그로서는 참으로 신기한 경험이었다.

언제나 진중하기만 하던 그에게는, 약간이지만 성격을 변하게 한 그런 경험이기도 했다.

그가 무당파에서 떠난 것이 꽤 오래전.

그 과정에 대해서 쓰려면 꽤나 긴 이야기가 되겠지만, 어쨌든 그는 그런 많은 것들을 얻고서 이리 나오게 됐고 변했다.

조금은 가볍게.

아니, 조금은 많이 여유롭게 변했으니까.

이전의 그가 운현보다도 더 답답한 일직선의 성격이었더라면, 지금은 조금 융통성도 부릴 줄을 알게 됐다.

어쩌면 이 변화는 그의 스승인 운인 도장에게 처음 반기 아닌 반기를 들 때부터 시작되었을지도 모른다.

아마 둘째 문환이나, 운현이 보게 되면 자신들의 큰형이 많이 변하긴 했구나라고 조금은 놀랄지도 몰랐다.

'그것도 꽤 기대되기는 하는군.'

그 놀람조차도 즐길 줄을 아는 명학이 되어 있었다.

전생자인 운현과는 다르게 첫 생인 그 아닌가.

성장해 가면서 변해 가는 걸 거다.

그 성격 또한 조금씩이지만 여유와 융통이 생기다 보면 중년이 될 때쯤에는 꽤 좋은 성격을 가진 도인 중 하나가 되겠지.

다만 문제라면, 그 여유와 융통을 즐기게 된 명학으로서도.

"준비해야겠군요."

"아주 제대로입니다."

즐기지 못할 자들이 있었으니.

바로 계속해서 모습을 드러내고 있는 복면인들이었다.

그들의 실력은 가지각색이었다. 사용하는 무공도 아주 많아, 무기마저 통일이 되어 있지 않을 정도였다.

어중이떠중이도 있었고, 개중에는 실력이 꽤 되는 자들도 있었다.

차라리 처음 제갈소화, 당기재, 남궁미를 압박했던 자들이 실력이라도 고른 자들이었다면, 저들은 중구난방 그 자체다.

그런 중구난방의 실력에 쉽게 복면인들을 처리하기도 하

지만.

'더 까다롭기도 하지.'

또 때로는 갑작스러운 당황을 낳기도 했다.

검을 상대하다, 갑작스레 도를 상대한다거나.

조금은 쉽게 상대를 하다가 갑작스레 강자가 드러나 당황하게 되는 식이었다.

실전에서 당황은 곧 죽음에도 직결될 수 있을 문제이지 않은가.

그러다 보니 넷 모두 벌써 여러 번 그런 위험들을 겪게 됐다.

덕분으로 벌써 이들은 명학을 포함해서 모두가 실전에 있어서는 점차 다듬어져 가고 있는 상태였다.

실전을 수련 삼아 성장해 가고 있는 거다.

다만 이들 모두 살검 혹은 전장의 전검을 수련하며 성장하는 자들은 아니지 않았던가.

차라리 제갈소화를 포함한 모두가 낭인 출신이었더라면, 이런 실전도 감사히 여기겠다만.

'얼마나 견딜 수 있으려나.'

'이번만큼은 어려울 수도 있겠군.'

이들로서는 운현에게 어서 가야 하는 길을 막기만 하는 장애물일 따름이었다.

부수적으로 실력이 상승하는 것에 만족하기에는 너무 피로하기만 한 길이기도 했다.

그래도 각자 검을 곧추세운다.

여기까지 왔는데 뒤로 내뺄 수는 없지 않은가.

산길을 돌고 도느라, 운현의 소식이 쩌렁쩌렁하니 울려 퍼지는 것도 모르는 그들이지만, 하나는 안다.

이들을 불러들였던 운현이 있는 곳에 가야 한다는 것.

그러니 자세를 잡고 물을 뿐이었다.

"자아, 어디를 뚫으면 되오?"

"역시 북쪽이지요. 저들도 막기는 하고 있겠지만, 얼마 안 남았으니까요."

제갈소화가 거침없이 북쪽을 가리킨다.

그들의 길을 막은 복면인들도 그 정도쯤이야 예상을 하고 있었다는 듯 별달리 말은 없었다.

다만 그들도 그들 나름대로 걸리는 바가 있는지 일행을 향해서 무기를 내밀 뿐이었다.

'이번에도 각양각색이군.'

복면인들의 사정이 각자 다른 것만큼이나, 저들이 들고 있는 무구들도 전부 각양각색.

또 얼마나 많은 무공, 무기들로 그들의 길을 막을까 하는 생각이 든다.

그러나 생각은 짧았다.

"하앗!"

순식간에 넷 모두 북쪽을 향해서 쏘아져 나간다.

운현이 있을 그곳을 향해서.

계속해서 길을 뚫고 나아갈 뿐이었다. 언제고 도착하기 위해서라도 그들은 의지를 불태우고 있을 뿐이다.

그리고 그렇게 하염없이 하남이 있는 북쪽으로 몸을 날리고 또 날리던 그들은 결국.

"찾아내었군."

운현이 영철에게 한 부탁 아닌 부탁이라는 이름으로 만들어진 인연의 실에 의해 이어졌다.

복면인들과 분투를 벌이며 하남으로 오고 있는 그들과, 영철이 보낸 황궁의 무사들이 결국 맞닥뜨리게 된 거다.

그리고 그 결과로.

"바로 감세."

북을 향해 있던 그들의 발걸음이 전보다 조금은 더 빨라졌다.

第十三章
실상의 심각함

　황궁 무사들이 합류를 하고부터는 일사천리(一瀉千里)였다.

　아무리 복면인들, 아니 복면인들을 뒤에서 조종하는 암중조직이라 하더라도 당장 황궁 무사들을 향해 직접적으로 공격을 하기는 힘든 듯했다.

　그도 아니면 또 다른 어떤 암계를 꾸미기 위해서 준비를 하고 있는 거겠지.

　덕분에 속도는 빨라졌다.

　제갈소화를 포함한 일행이 지친 몸을 추스르면 추스를수록 속도는 빨라졌다.

하기는 이들 모두 무림인 아닌가.

상황상 그들을 노리는 자들만 없었더라면, 진즉에 운현이 있는 곳에 도착을 했을 거다.

아니, 생각해 보면 운현 쪽은 의원들을 데려감으로써 속도도 늦춰져 있지 않았나.

운현이 하남에 도착하는 것과 비슷하게 도착해서 같이 일을 행하고 있었을지도 모를 일이었다.

그만큼 이들이 뒤처진 것은 복면인들이 무지막지하게 이들을 노렸다는 의미기도 하다.

달리 표현하면 꽤 고된 일을 당했다고도 볼 수 있었다.

그럼에도 넷 모두 눈을 빛내며 길을 재촉하고 있을 뿐이었으니.

'제대로 된 자들이로고.'

그들의 고초를 어느 정도는 짐작하고 있는 황궁 무사들도 일견 감탄을 할 정도였다.

무림과 관이 서로를 도외시하는 만큼, 어지간해서는 무인들을 인정하지 않는 그들이 인정할 정도라니 말 다 하지 않았는가.

"조금 쉬는 게 어떠한가."

"아닙니다. 다만 하나 부탁을 드릴 수 있을지요?"

"뭔가?"

"내상약이라도 부탁드리옵니다. 대금은."

"……대금은 됐네. 그 정도쯤이야."

그들도 인정할 만큼 힘든 길을 걸어놓고도 계속해서 전진 또 전진할 뿐이었다.

그야말로 가고 또 간다.

치료가 되기 시작하고 조금씩 생기가 돌기 시작하는 하남 성의 풍물도 볼 생각이 없는 듯했다.

그나마 그들이 귀를 기울이는 것이라면.

"또 치료를 해내셨다지?"

"이번에는 중선현이었다고 하더군. 곧 소림까지야."

"그래도 소림 주변은 치료는 못 해내도 더 번지지는 않지 않았나?"

"그도 그렇지. 불심이 작용한 건지. 하여간에 신기해."

"모를 일이지. 그 불심이 하남 전체에 작용했었으면 좋았 으련만. 쯧."

"말조심하게나. 그래도 소림 아닌가."

운현과 관련된 소식은 꽤나 주의 깊게 듣고는 했다.

하기는 안 들으려야 안 들을 수가 없었다.

어딜 가나 운현에 관한 이야기가 오고 가는데, 그게 모두 칭송 아니면 그 대단함에 대한 감탄이었다.

또한 그는 지금 이 시간에도 업적을 세우고 있지 않은가!

안 그래도 그동안은 의선문 의원들도 제대로 치료치 못했
다는 암울한 소식만 들렸으니, 운현의 치료 소식은 감로수
와 같을 수밖에.

그러면서도 지금도 계속해서 운현이 만드는 감로수가 계
속 이어지고 있으니!

백성들로서는 세상이 아직 살만하다고 말해 주는 유일한
소식인 운현에게 주목하는 건 어쩔 수가 없는 일이었다.

그 모습을 보며,

'대단하구나.'

질투라도 할 법 하련만.

오히려 명학은 그러한 낌새 하나 없이 자신의 동생이 세
우는 업적에 놀라며 함께 즐길 따름이었다.

형으로서 공을 세우지 못한다거나 하는 것에 대한 질투는
전혀 없어 보였다.

'나도 해내는 것이 있으니……'

되레 자신감에 차 보일 정도였다.

아마 그가 여기까지 오는 동안에 쌓아 놓은, 아니 우연이
지만 얻게 되었던 '그것'이 있으니 가질 수 있는 자신감일
거다.

'그것'에 대한 이야기는 운현에게 가장 먼저 전해 보려,
아직 제갈소화나 남궁미에게도 하지 않았을 정도다.

순수하게 감탄하는 명학과 다르게, 당기재는.

'궁금하군.'

또 다른 의미로 눈을 빛내곤 했다.

호북성에서 난다 긴다 하는 기재들을 다 제쳤다는 운현의 소식이 실시간으로 들리니 더욱 호기심에 눈을 빛내는 듯했다.

아직까지도 운현과 자신을 견주고 싶은 마음이 눈에 띄게 보일 정도였다.

그녀들? 제갈소화나 남궁미야 뻔하지 않은가.

'역시 대단해…….'

'더 나아가고 있나.'

눈에 쓰여져 있던 콩깍지가 더 강화될 뿐이다.

그런 여러 의미로, 서로 다른 감정을 내포하고서는.

"저기네."

그들을 호위하던 황궁 무사들과 함께 운현이 치료를 막 행하고 있는 하남성의 중턱 어귀에 도착했다.

*   *   *

"후……."

치료를 진행한다.

아픈 자들이 더 없게 하는 행위다. 그 행위를 위해서 끊임없이 손을 놀릴 뿐이었다.

다만 오늘은 평상시와 다르게 집중이 깊게 되지는 못했다.

환자를 위해 최선을 다해야 하는 것을 알고는 있는 그이지만, 오늘만큼은 그리하지를 못했다.

'오늘이라 했던가.'

그도 들은 것이 있는 덕분이다.

기다리던 자들이 오늘 도착한다 하는데, 어찌 쉽게 집중을 할 수 있을까.

그라고 해도 그건 무리였다.

다만 그가 평소 쌓아 놓은 의술이 있었기에, 덜된 집중으로도 충분히 치료는 가능했다.

하기는 항생제가 듣지 않는 환자의 경우 선천진기를 사용해 치료하는 수밖에 없지 않은가.

강한 기감을 가진 채로, 병마의 기운을 몰아내기만 하면 되는 일이었으니 부족한 집중력으로도 치료에 부족함이 없는 걸지도 몰랐다.

"흐으……."

"거의 다 됐습니다."

당장 운현의 아래에서 치료를 받는 자만 하더라도, 다 죽어 가던 모습이 점차 사라지고 있지 않은가.

허옇게 변했던 피부에 생기가 돌기 시작하고, 몸의 떨림이 잦아들기 시작하는 그 모습은!

분명 기적적인 모습이라고 봐도 무방한 그런 모습이었다.

극적이어도 너무 극적인 모습.

그 모습을 볼 때마다 치료를 기다리는 환자나, 다른 의원들로서는 항상 보는 광경임에도 놀랄 따름이었다.

그만큼 운현이 보이는 치료 행위라고 하는 건 적어도 지금의 역병에 있어서만큼은 신기에 올라 있다 봐도 무방했다.

'됐다.'

깔끔하게 한 명의 환자를 치료하고.

"자아, 다음 환자를 데려오시지요."

바로 다음 환자를 부르려고 한다.

기계적이나 운현으로서는 당연한 행위. 또한 새로운 신기를 보이기 위한 행위이기도 했다.

임시로 만든 환자실에서 모두가 그런 운현을 바라보고 있을 정도였다. 수십 쌍이 되는 눈동자가 운현만을 보고 있는 거다.

그 모습에 지치거나 압박감을 느낄 법도 하건만 운현은 자연스레 행동을 하고 있었다.

'흐음. 심각한데.'

오로지 눈앞에 새로운 환자에만 집중을 하고 다시금 움직이고 있을 따름이었다.

그의 집중은 적어도 이 근방 지역에 있는 모든 역병 환자들이 전부 사라질 때까지는 멈추지 않을 것만 같았다.

그는 언제고 그래 왔으니까, 십중구할로 그리할 게 뻔했다. 그게 그로서는 당연한 일이기도 했다.

허나 평소보다는 모자라지만, 치료를 함에는 부족함이 없는 그 집중이.

"크흠. 신의님."

"음?"

다른 이가 옴으로써 잠시 깨져 버렸다.

들어온 이는 황궁 무사 중에 하나. 처음 의명 의방에서 운현의 모자란 환대에 운현에게 잔뜩 성을 내려던 무사였다.

허나 지금은 운현의 치료 행위를 보고서 감화되어, 여기에서만큼은 진심으로 운현을 따르는 자 중에 하나다.

지금 운현을 대하는 모습만 하더라도 한껏 공손함을 보이고 있지 않은가.

황궁의 무사가 그런 모습을 보이는 거 자체가 다른 곳에서는 불손함이 될 수도 있었다.

황궁 무사는 오로지 황실의 사람에게만 공손함을 보여야

했으니까.

허나 지금 여기에 있는 그 누구도 그가 황실의 사람이 아닌 운현에게 공손함을 보이는 것에 의문을 보이지 않았다.

되레 당연하게 느끼고 있을 뿐이었다.

그런 당연한 '공손함'을 계속해서 유지한 채로, 그가 운현에게 말을 전달한다.

"영철 영감께오서 되었다 하십니다."

"되었다라…… 온 거군."

"그렇습니다."

운현은 드디어 자신의 집중을 방해하게 하던 그들이 도착했다는 걸 알았다.

'당장…… 아니, 아니지.'

그로서는 당장 달려가고 싶었다.

당연한 치료 행위를 하면서도 조금씩 지쳐 가고, 소모되어 가는 심력을 그들을 봄으로써 다시 채우고 싶었을지도 모른다.

하지만 당장.

'환자들이 있다.'

자신들을 바라보는 환자들이 있지 않은가.

수십 쌍의 눈동자가 그만을 바라보고 있다. 오로지 그만을!

이 바깥에는 이들보다 중하지는 않지만, 분명 역병 아닌 역병에 당한 자들이 더 많았다.

이제는 익숙해진 눈빛이며, 부담스럽지 않은 눈빛이다.

치료해야 할 병자들의 눈빛이니까.

그런 눈동자들을 두고서 감히 움직일 수가 없었다.

아무리 당장 달려가고 싶다고 하더라도 그럴 수가 없음이었다.

그를 짓누르는 무게감이라고 하는 게, 한 명의 인간으로서 당장 보고 싶은 자들을 향해서 달려 나가지 못하게 만들었다.

사소한 것조차도 그는 그리해서는 안 되게 된 것이었다.

'어쩔 수 없는 거겠지.'

신의로서의 자리, 운현이 선택한 명의로서의 꿈이라고 하는 건 그런 거였다.

더 무겁고, 짊어져야 할 게 많은 자리다.

환자들이 눈치채지 못할 만큼 작게 한숨을 내쉰다. 속으로 내는 한숨이었다.

허나 그가 선택한 신의라는 자리가 주는 무게감이 심어진 깊은 한숨이기도 했다.

그 한숨 한 번으로서 무겁디무거운 무게감을 날려 보낸다.

'떼쓰고 있을 시간은 지났으니까.'

신의의 일이 힘들다, 의원 일이 힘들다, 의원이자 무림인으로 양립하는 것이 힘들다.

이런 떼를 쓸 때는 지난 지 오래였으니까.

오래전부터 자신이 선 자리의 무게감을 받아들이기로 결정하고 있었으니 한숨 한 번으로 심적 지침을 날려 버릴 뿐이었다.

그러곤 사라졌던 집중을 다시금 살리기 시작하고는 황궁 무사에게 전한다.

"금방. 금방 끝내고 간다고 전해 주겠는가. 환자가 있으니 어쩔 수가 없다고."

"예!"

의원으로서 할 일을 다 하는 운현의 모습이었다.

그 모습에 다시금 감화된 건지 황궁 무사는 잔뜩 눈을 빛내고서는 환자들이 잔뜩 있는 환자실에서 물러나기 시작한다.

들어오기 전보다도 더 운현에 대한 열성적인 신자가 되어서!

그 장면을 운현은 아무렇지 않다는 듯 흘끗 보고서는,

"자아, 금방 끝날 겁니다."

"예에……."

환자를 다시금 치료하기 시작한다.

*   *   *

"후······."

유시(17~19시)가 돼서야 모든 치료가 끝났다.

사실 환자실에 있는 자들만을 전부 치료하는 데에 성공했을 뿐이다.

그나마도 대단한 치료 행위였다.

운현이 아니고서야 이리 빨리 역병을 치료해 낼 자는 누구도 없었다.

그 대가로 운현의 온몸은 땀에 젖은 채였고, 갑자 단위가 되어 가는 그의 선천진기도 쪼그라드는 느낌이 들 정도였다.

내공심법을 돌리면야 금세 다시 돌아오기는 할 거다.

그래도 당장 지쳐서 몸이 힘들어하는 거까지는 어쩔 수 없었다.

하기는 평소라면.

'더 치료했겠지.'

아쉽다고 하면서 몇이라도 더 치료를 하려고 했을 거다.

쓰러지기 직전까지 치료를 하던 전적이 몇 번은 있는 운현이지 않은가.

지금이야 영철과 다른 이들의 설득으로 적당히 타협을 해서 치료를 하고 있지만, 지금도 문뜩문뜩 열의를 일으켜 더 무리해서 치료를 하기도 하는 그다.

그런 그가 유시가 지나갈 때쯤 딱 맞춰서 치료를 끝냈다는 거 자체가 희귀한 일이었다.

그가 환자실을 나서자마자, 그가 나오기만을 기다리고 있었다는 듯 아까 보았던 황궁 무사가 그에게 다가온다.

"바로 모실까요. 아니면 잠시 시간을……."

운현을 데리고 가기 위해서겠지.

그러다 이내 녹초가 된 운현을 보고서는 잠시 시간을 할애해 주려 한다.

본래라면 무사에게 일을 시킨 영철의 명령이 가장 우선시 되겠지만, 운현의 꼴을 보니 말이 아님을 알고 있는 것이다.

그 기색에 운현도 자신의 몸을 슬쩍 살펴본다.

'꼴이 말이 아니긴 하군. 오랜만에 보는데……'

황궁 무사가 왜 당장 데려가지 않고, 시간부터 할애를 해 주려는 건지 이해가 되는 모습이었다.

이건 상대를 봄에 예의가 아닌 모습이었다.

딱히 예를 따지고 말고 할 사이가 아니긴 하지만, 평소 깔끔한 편의 성격을 가진 운현으로서도 용납 못 할 모습이기도 했다.

"반 각 정도면 되겠는데. 괜찮겠는가?"

"예!"

*　　*　　*

반 각쯤 뒤.

"그럼 가지!"

"예!"

그렇게 자신의 모습까지 수습을 하고서, 환자실 몇을 지나 영철과 황궁 무사들이 의원들과 한데 머물고 있는 곳까지 몸을 이끌고 들어간다.

임시로 머무는 곳이지만 꽤 대단한 장원이기도 했다.

'꽤 오래 기다렸겠는걸.'

그 거리가 꽤 되었지만, 서둘러서 움직여서인지 그 거리가 평소보다 짧게 느껴졌다.

"오셨군요."

끼릭—

그를 기다렸다는 듯, 맞이하는 황궁 무사들이 공손히 장원의 문을 열어준다.

임시지만, 영철의 성격이 반영되었던 듯 깔끔하게 정리가 된 장원을 그대로 직진.

한참 가서, 본래라면 이곳을 떠난 지 오래인 장원의 주인이 손님을 맞이하는 데나 쓰였을 법한, 화려한 별채 앞에 발걸음이 잠시 멈춰 선다.

옷매무새를 한 번 고치고서는, 다가가 문 앞을 지키고 있는 무사에게 신호를 넣는다.

"신의님 오셨습니다!"

"들라 하게나."

문이 다시금 열린다.

그 안에는 황궁 무사를 부르고 운현을 기다리던 영철이 있었고.

그 반대편에는 그가 보고 싶어 하던 그녀들과 또한 필요로 하는 자, 예상치 못한 자도 있었다.

깊어져 가는 경험과 지혜만큼이나 현숙함이 조금씩 깃들어 가고 있는 제갈소화.

처음엔 아이 같은 모습이었지만, 조금씩 세상을 배워가면서 성숙해 가는 남궁미.

그가 요청을 해서 비밀리에 모셔 오다시피 한, 이번 일의 핵심이 될 당기재.

그리고.

"오랜만이구나, 동생."

"형님?!"

이곳에서 볼 수 있을 거라고는 전혀 예상하지도 못한 이명학까지!

'전과 많이 달라졌지 않은가.'

척 봐도 여유로운 웃음이 흐르고 있고, 게다가 기도만 하더라도 전보다 더욱 깊어져 있는 이명학의 모습.

직접 치료하면서 몇 번이고 느껴 봤던 이명학의 기감.

치료 후에 다시금 원래의 경지로 다시 돌아가기까지 한참을 걸릴 거라고 봤던 이명학이었는데, 되레 못 본 사이 그 경지가 더욱 깊어져 있었다.

깊어져 있는 기도가 그 증거.

그것에 운현이 자신도 모르게 놀라고 있을 때에.

"하핫. 처음 뵙습니다, 호기신의. 오래 기다렸습니다."

"……실례를 했습니다."

나서는 자가 있었다. 당기재였다.

"실례라뇨. 의원께서 환자를 돌봄은 당연한 일. 개의치 않습니다."

"그렇다면 다행입니다."

"허나, 이 당 모. 궁금증만은 어쩔 수가 없습디다. 저를 부른 이유가 있으시겠지요?"

당기재가 눈을 빛낸다.

'또 저 눈빛.'

제갈소화가 당기재를 보고 또라고 생각할 만큼, 지금 당기재의 눈빛은 처음 제갈소화를 탐색할 때의 그것과 비슷했다.

자신은 모르겠지만 굉장히 부담스러울 정도의 반짝임이다.

호기심을 가졌을 때 이런 눈빛을 하는 듯했다.

그걸 아는지 모르는지 그는 계속해서 눈을 빛내며, 운현을 재촉하고만 있었다.

어서 말을 하라는 듯이!

고생을 하다 못해서, 복면인들을 상대로 목숨까지 걸고 온 자신에게 무엇을 보일 수 있냐는 듯!

일견 도전적이면서도 동시에 학자로서의 탐구심 또한 엿보이는 그런 모습이었다.

'당가의 사람이어서 그런가.'

당가는 무가. 당가 사람은 무인.

하지만 독공을 익힘으로써 독에 관한 연구가이자, 구도자이기도 한 게 당가의 사람이다.

당기재의 저런 모습을 보고 있노라면, 그는 당가의 사람으로서 가문의 성격을 쏙 빼닮은 것이 분명하다.

그 기대를 저버릴 수는 없었다. 아니 저버릴 생각도 없었다.

제갈소화나 남궁미는 섭섭해할 수도 있겠지만, 지금 이곳에서 가장 운현이 애타게 찾았던 이는 다름 아닌 당기재였으니까.

그를 섭섭케 해서야 쓰겠는가. 다만,

"이유가 없겠습니까? 당가의 사람이기에 해 줄 수 있는 일이기도 합니다. 아니, 당가만이 가능한 일이죠."

"우리기에 가능하다라. 우리가 의술이 아니라 독에 일가견이 있다는 걸 아실 텐데요?"

"당연한 일이죠. 중원 천지에 당가하면 독, 독하면 당가인 걸 누가 모르겠습니까."

당가가 의술로도 이름이 드높은 건 사실이다. 허나 독이 제일인 걸 누가 모르겠는가.

그럼에도 당기재가 한 번 짚고 넘어가는 것은 운현의 말에서 무언가 느껴지는 바가 있기 때문이리라.

"그런데도 찾으셨다라? 이 역병의 한복판에 이 당 모를? 그것도 '약조'까지 하면서?"

"물론입니다. 그래서 찾지요."

"하……."

역병. 독. 당가. 당기재.

이 여러 가지를 조합하면 머릿속에 떠오르는 건 하나다.

여기 이 자리에 있는 자들 중에서 바보는 없었기에, 그 단어들을 조합하여 나오는 결과라고 하는 건 한 가지밖에 떠올릴 수밖에 없었다.

'역병의 원인.'

표현은 각자 다를지 몰라도 한 단어만이 그들의 머리에 아로새겨진다.

당기재의 눈이 아까와는 다른 방식으로 빛난다. 그러나 모순적이게도 일견 음습함이 보이기도 했다.

"……꽤 무서운 생각을 하고 계십니다?"

잠시 뜸을 들인다. 그러곤.

"이게…… 우리가 생각하는 그 상황이라면 당가의 손길이 아닌 이상에야, 후보로 꼽을 수 있은 곳이 몇 없다는 걸 아시잖습니까? 신의님은 당가가 연루됐다 보십니까?"

"그 무서운 생각이 제발 아니길 빌 뿐이죠. 또한 당가의 사람이기에 가장 잘 아시지 않겠습니까."

"오기를 잘했군요. 어디 한번 봅시다!"

순간 많은 의미가 오고 가고.

오랜만에 해후를 나누기는커녕, '역병'이라는 무거움을 가진 주제가 그들을 한껏 무겁게 가라앉히며 동시에 바로 움직이게끔 만들었다.

第十四章
미세혹(微細惑)

"잠시 이야기를 나누지요."

"다른 분들은 죄송하나 물러나 주시지요."

그날 밤을 새워가며 운현과 많은 이야기를 나누었던 당기재다.

그 큰 별채에서 영철마저도 양해를 구해 물러나게 했을 정도였다. 그만큼 무거운 주제였으니까.

꽤 많은 시간이 흘러갔고.

그 많은 시간이 흘러가는 것만큼이나, 모두의 마음이 무거워져 갔다.

역병의 원인.

그 원인이 자연 발생적인 것이 아닐 수도 있다라는 생각은, 그들의 마음을 무겁게만 하는 것이었다.

다들 그걸 알기에.

"이번만은 동생이 틀리길 바라야겠군요."

"……그러길 빌어야겠지만, 과연 그럴까요."

"하아……."

명학이나 모두가 운현을 진심으로 생각하는 이들임에도 불구하고, 운현의 말이 틀리기를 바랄 뿐이었다.

역병이 자연 발생적인 것이 아니라면.

그 역병을 발생시킨 자들은 대체 무얼 얻으려 그런 짓을 한 것인지, 아니 대체 얼마나 미쳤기에 그런 짓을 한 것인지 가늠도 잡히지 않기 때문이리라.

그러니 아무리 천하의 운현이 말한 것이라고 하더라도, 아니길 빌 수밖에 없었다.

그들의 생각을 아는지 모르는지, 둘의 이야기는 거의 새벽녘에 햇빛이 어스름하게 비치기 시작을 하고 나서야 끝이 났다.

결론은 좋지 못했었다.

"후우……."

"하, 이거. 이론으로는 이미 완벽하지 않으십니까?"

"……저도 안 맞기를 바랍니다. 그래서 당가의 사람을 찾은 거지요."

"그렇게까지 말씀을 하신다면야 어쩔 수 없군요."

운현의 말을 들은 당기재가 부분적으로나마 인정을 할 수밖에 없을 정도였다.

그로서는 이 역병의 원인이 자연적인 것이기를 바랐다. 아니 이곳에 오기 전까지 당연히 그럴 거라고만 생각했다.

하지만 운현의 말을 듣고, 그 현상에 대해서 분석하고 이해하면 이해할수록.

'아니라고 할 수 없지 않은가.'

운현의 말이 타당하다는 것을 인정할 수밖에 없었다.

당가의 사람인 그로서는.

'이런 일이 인위적인 거라면, 또 얼마나 많은 이들이 당가에 의심의 눈빛을 보내올지. 쯧…….'

그의 가문을 위해서라도 현재의 상황이 좋을 수는 없는 일인 터. 아니, 반기려야 반길 수가 없는 터였다.

그러니 제발 운현이 말하는 이론이 맞지 않기를 바라면서, 동시에 그로서는 할 수 있는 최선의 제안을 하기로 했다.

'확인을 해 봐야 하지 않겠는가.'

*　　　*　　　*

그는 빠르게 움직였다.

그들이 온 지 이틀째.

이틀째라지만 운현과 밤새도록 격한 토론을 하고도 밤새 잠이 들지 못한 당기재였다.

그는 운기행공만으로 피로를 조절하고 역병 치료를 위해 나선 운현의 발걸음을 붙잡았다.

운현도 어느 정도는 예상을 하고 있었는지, 당기재가 잔뜩 진지한 표정으로 붙잡았음에도 놀람은 없어 보였다.

다만 당기재의 말을 들어 보려 경청의 자세를 취하고 있을 뿐이었다.

그런 운현에게, 당기재가 제안 아닌 제안을 한다.

"저도 참관해도 되겠습니까?"

"얼마든지요. 아니, 오히려 해 주시길 바랐습니다. 현상을 가장 잘 이해하려면, 그 현상 가까이에 있어야 할 테니까요."

"……그렇게 대답하실 줄 알았습니다. 그래도 도움이 안 되진 않을 겁니다. 이 당 모, 신의님께 비견되지는 못하더라도 당가의 사람이니까요."

독은 독. 독공을 익힌 무인이라 할지라도 독은 치명적일 때가 많다.

아니, 독공을 익혔기에 더 치명적이다. 독공을 익히기 위해서는 독을 그 누구보다 가까이해야 하는 터다.

독에 대한 접촉 빈도가 낮으려야 낮을 수가 없었다.

그런 상황에서 얼마나 많은 당가의 사람들이 중독이 될까.

꼭 무인이 되지 않은 당가의 일반 사람이라고 하더라도, 적게나마 중독의 경험이 있을 수밖에 없었다.

일종의 천명이자, 운명이다.

독공을 익히는 가문이니 어쩔 수 없이 독과 가까이해야 하는 그들이니까.

그렇기에 독공으로 독을 중독시킬 줄 알고, 동시에 의술로서 독을 중화, 해독시킬 줄도 아는 게 당가 사람이다.

그러니 당기재가 보이는 일종의 자신감은 당연한 걸지도 모른다.

'신의의 말대로 인위적인 것이라면…….'

만약 역병의 원리가 진정으로 자연적인 것이 아니라면.

그게 독의 한 종류이기라도 한다면!

독에 관해서는 어쩌면 의선문에 맞먹는 아니 뛰어넘을 수도 있는 당가의 기재 당기재라면, 충분히 도움이 될 거다.

그걸 운현이 모를 리가 없었다.

그렇기에 운현은 포권을 하며, 정중하니 당기재를 대했다.

"그럼 오늘 하루 잘 부탁드리죠. 아니, 당분간 잘 부탁드리겠습니다."

"이 당 모야말로 잘 부탁드립니다. 옆에서 신의님의 의술도 잘 보고 배우도록 해 보죠."

"하핫, 얼마든지요."

그걸 적당한 농으로 받아치는 당기재였다.

당황스러운 상황일 게 분명함에도, 여유를 부릴 줄 아는 모습이었다.

딱딱하기만 한 무림인들을 주로 대했던 운현 아닌가.

'괜찮은 사람이겠어.'

그런 당기재의 모습에 자신도 모르게 높은 점수를 쳐주고서는, 당기재와 나란히 어제 있었던 환자실의 바로 옆의 환자실을 갔다.

이놈의 역병은 자신들은 끝이 없다는 것을 증명이라도 하는 듯이 옆의 환자실에도 어제와 같이 꽉 차 있을 게 분명했다.

차악.

환자실을 가리고 있는 차양막을 열어서 들어가자.

"으으……."

"끄응…… 흐……."

역시 예상대로 환자는 환자실이 좁아 보일 만큼 가득 차 있었다.

운현을 대신해 다른 의원들이 최대한 조치를 취해 놨다지만, 상태는 많이 좋아 보이지 않았다.

다들 끙끙 앓거나, 간질병 환자라도 되는 듯이 몸을 부르르 떤다.

아무리 그들이 최선을 다해 놓는다고 하더라도, 그들이 당한 역병이라는 것 자체가 사람을 건강케 할 리는 없으니 당연한 이야기다.

그나마 당장 호흡 곤란을 일으키며 죽을 것 같은 자는 보이지 않는다는 게 다행이라면 다행이랄까.

하기는 목숨이 경각에 다다른 자가 있었더라면 운현이 당기재를 맞이할 시간도 없었을 거다.

허나 이 장면만으로도 당기재에게는.

"……처참하군요."

"그렇지요."

꽤 충격을 주는 장면인 듯했다.

무인으로서 사람 여럿을 쓰러트리기도 하고, 살인도 벌였던 그이기는 하나 환자를 모아 놓은 이런 장면은 또 다른 의미로 가슴에 닿는 바가 있는 듯했다.

'알아서 적응하겠지.'

그런 당기재를 가르칠 시간도, 안심시킬 이유도 없었기에

미세혹(微細惑) 293

운현은 자신이 가야 할 자리로 가서 자리를 잡았다.

환자의 옆이었다.

그러곤 자연스레 치료를 시작했다.

화아아악.

선천진기를 이용한 치료였다.

"호오."

한참 치료를 하고 있으려니.

운현의 예상보다는 빠르게 적응을 한 건지, 어느샌가 정신을 차린 당기재가 와서 그 장면을 똑똑히 바라보기 시작한다.

그게 관찰의 시작이었다.

'기와 의술의 결합인가.'

소위 말하는 기공 치료.

당기재 정도 되는 자가 그런 기공 치료를 모를 리가 없었다.

'제대로 됐군.'

단지 기만으로 치료를 해내는 게 기공 치료가 아니었다.

무지막지한 기를 불어넣어서 기공 치료를 해냈다고 우기는 자들도 있지만, 그건 어디까지나 치료라 할 수 없다.

그저 무식하게 들이밀어서 해냈다 우길 뿐이었다.

그가 보기에 운현의 것은 달랐다.

적재적소.

필요로 하는 곳에만 기를 불어넣는다. 기가 잘 전달되지
않은 곳에는 침술을 사용한다.

그 이전에 환자들에게 먹인 약재도 전부 지금의 치료를 위
해서 사용한 것이 분명한 터.

약술, 침술, 기.

운현이 지금 행하고 있는 치료는 이 세 가지가 모두 조화
롭게 되어서 이루어지고 있는 치료였다.

이걸 제대로 된 기공 치료라고 하지 않으면 그 어떤 기공
치료가 진짜배기일까.

'개안을 하는 느낌이로군.'

당가 사람으로 의술을 전문으로 하지는 않더라도, 조금이
라도 알기에 운현이 하는 행위의 의미를 더욱 잘 파악하고
있는 당기재였다.

"다음 환자로 가죠."

"……예."

그렇기에 아무런 말도 않고 오로지 바라보기만 한다.

운현이 하는 행위가 그가 보기에는 하나의 경의.

그렇기에 당장 살펴봐야 할 것을 놓치고 있던 당기재였
다.

그러다 이내 정신을 차리고 운현의 기공 치료의 경이로움

이 아닌 다른 것에 집중을 하기 시작한다.

환자의 치료가 아니라 환자의 상태를 본다.

의술로서가 아니라 독공을 익힌 무인으로서 바라본다.

운현이 아무리 대단하다 하더라도, 독공은 익히지 않은
터. 아니 익혔더라도 당가의 세월만큼의 경험을 가지고 있을
리가 없었다.

그렇기에 당가의 세월이 축적되어 그것을 전수받았다 하
는 당기재의 눈이 적어도 독에 관해서는 운현보다 깊다 할
수 있었다.

분야가 다른 거다.

그리고 그 다른 분야를 당기재는 집중하고 또 집중하며,
살피기를 멈추지 않았다.

얼마나 살폈을까.

그날의 하루는 운현의 실력을 본 당기재의 놀람과 그에
더해서 상황을 인식하기 시작하는 진지함으로 마무리되는가
했다.

하루가 지나 다시 이틀째가 되었을 때.

"오늘도 잘 부탁드립니다."

"예."

전날에는 농담이라도 하던 당기재가 농은커녕 되려 침묵

한 채 그날도 어김없이 환자를 보러 가는 운현을 찾았다.

표정은 한없이 진지했다.

이틀 전에도 밤을 새우다시피 하고 운현의 치료를 따라와 놓고서는, 어제도 잠을 자지 못했을까.

무인인 그이기에 티가 거의 안 나기는 했지만, 약간 초췌해 보였다.

아무래도 육체의 피로보다는 정신적 피로감이 상당한 듯했다.

'내 말이 맞을 수 있음을 인식한 건가.'

운현으로서는 당기재가 왜 저러한지를 알고 있기에, 가만히 아무런 말도 않고 환자들이 있을 병실을 향해 몸을 이끌어 갔을 뿐이다.

그 뒤를 당기재가 가만히 아무 말도 않고 따랐다.

환자의 병실에 들어섰을 때.

"오늘부터는 좀 더 세밀하게 보여드리겠습니다."

"그게 됩니까?"

"본 의가 기를 더 사용하기는 해야 하겠지만, 방식을 조금만 바꾸면 됩니다. 일종의 편법이죠."

"흐음…… 부탁드립니다."

운현은 당기재가 분석을 좀 더 잘할 수 있도록 하기 위해서 방식을 달리한다 말했다.

'무리가 좀 가긴 하겠지.'

운현으로서는 치료 방식을 달리하는 것만으로도 전보다 더 많은 기가 소모될 것이 분명했다.

기를 더 사용하니 더 쉽게 지친다는 소리다.

하지만 그에 대한 반대급부로 환자를 살펴야 하는 당기재는, 환자의 상태를 좀 더 자세히 볼 수 있게 된다.

당장으로서는 환자의 치료보다도 우선되는 게 역병의 원인.

당기재가 역병 환자의 상태를 살피고, 지금 상태가 자연적인 것이 아니라 인위적인 거라는 걸 인정하는 게 중요했다.

'그때부터 다음 단계로 갈 수 있을 테니까.'

그렇기에 기 소모도가 크다고 하더라도, 방식을 달리하는 것이다.

화아아아악!

"으으……."

운현이 다른 방식으로 기공 치료를 행하자, 미묘한 변화가 일어난다.

마치 시간을 되감기라도 하는 듯한 장면이 연출된다.

온몸에 물집이 만들어졌던 게, 기공 치료에 의해 역행하듯 사그라들어 간다.

벌겋게 익듯이 타오르던 살이 다시 원래로 돌아간다.

식은땀이 사라지고, 온몸에 떨림이 사라진다.

그리고 그 사이 사이 여러 가지 형태의 아픔, 역병의 증세들이 옷고름이 풀리듯 하나둘씩 자신의 모습을 드러내기 시작한다.

'후······.'

운현으로서는 이런 치료 자체가 꽤나 힘든 행위가 되는 터.

뚝.

그렇기에 자신도 모르게 식은땀이 아래로 계속해서 흐를 정도였다.

하지만 운현이 힘들어하는 만큼 같이 힘들어하는 자가 있었으니, 그나마 다행이랄까?

운현이 치료를 하며 역병의 현상을 보여 주고 그 증세를 보여 줄 때마다.

'······맞을지도.'

당기재의 표정도 심각해져 간다.

아니 시간이 갈수록 심각함을 넘어서 몸을 부르르 떨며, 땀을 흘릴 때도 있을 정도였다.

인정하고 싶지 않지만 인정해야만 하는 진실을 마주하는 자의 행태를 딱 보여 주고 있달까.

역병의 증세를 알면 알수록, 아니 더 많은 증세를 보면 볼

수록 그는 침잠하듯 침묵을 지켜나갔다.

이틀이 지나 삼 일째. 다시 사 일째.

지금 머무르고 있는 이 마을에서만큼은 환자들이 점점 줄어들어, 더 이상 역병의 환자가 생기지 않는 그때.

'인정할 수밖에 없지 않은가. 대체 어디서부터 어떻게 된 건지.'

침묵을 지키기 시작하던 당기재가 결국은, 입을 열 수밖에 없었다.

第十五章
독의 경지

　당기재는 아주 조심스러웠다.

　혹여나 지금의 역병이 운현의 말마따나 자연적인 것이 아니라 인위적인 것이라면 그것은 독.

　그것도 아주 치명적인 독이라 할 수 있었다.

　전염성도 강하며, 사람 여럿 아니 수천은 죽일 만한 위력을 지닌 데다, 인위적으로 뿌릴 수 있다면 그게 독이 아니고 뭐겠는가.

　'현대에서도 많지.'

　전생에서 있던 생화학 무기 같은 것이 그런 것 아니었나.

　전생에서도 그러한 것들은 쉽게 사용치 못하게 하는 물건이다.

효율성도 좋고 비용도 좋지만, 그것만큼이나 많은 사람들을 무의미하게 상하게 하는 무기가 또 없기 때문이다.

그런 의미로 당기재도 조심스러울 수밖에 없는 거다.

지금에야 이르러서 사천에서 제일가는 가문 중에 하나가 당가이고, 독 하면 당가인 상황이 되었지만 초기부터 그러했겠는가.

독공을 익히니 사파 취급을 받기도 하고, 독을 사용하니 삼류 무공 취급을 받기도 하던 때가 그리 오래되지 않았다.

지금에 이르러서는 일부 인정을 받았기는 하다.

그나마도 당가의 무서운 성질 덕분인 면도 있었다.

'피는 피로서 갚는다.'

일을 당하게 되면 몇 배로 복수를 하는 그 성질 덕분으로 말미암아 감히 함부로 당가를 욕하지 못하게 된 거다.

어찌 보면 독공에 대한 무시나 홀대를 그 어마어마한 복수심으로 찍어눌렀달까.

덕분에 어느 정도 인정을 받았다지만, 여전히 당가 입장에서는 아슬아슬한 줄타기였다.

지금 당장에 이 일이 독에 의한 것이라는 게 알려지면, 대번에 몇몇 자들의 눈은 당가를 향할 거다.

많은 의문이 생기겠지.

당가가 그런 일을 벌인 게 아닌가?

당가에 배신자가 있는 게 아닌가?

독 관리를 어떻게 하기에 이런 일이 생기는가?

역시 독공은 옳지 못하다. 암기나 다룰 것이지 어째서 독까지 손을 대서는 일을 크게 만드는가.

별의별 의혹, 별의별 시선.

자신은 올곧다 말하지만, 남들은 고지식한 지식으로 독공을 까 내리려고 하겠지.

당장 당가가 아닌 다른 독공을 익힌 가문들에 무림인들이 행하는 행위들을 보면 뻔히 알 만하지 않은가.

저 운남 쪽의 독곡만 하더라도 봐라.

독인들이 살아 숨 쉬나, 마교나 혈교처럼 크게 혈겁을 일으키지도 않았는데도 그들은 이미 사파 취급을 받는다.

일을 안 벌여도 잠재적 살인마 취급을 받아 버린다.

그래서 독곡의 사람들은 이제 교류를 하기보다는, 교류를 끊고 자신들만의 독곡을 만들고 있지 않은가.

당가. 유일하게 당가만 인정을 받아 살아남았을 뿐이니.

"가감 없이. 아니 오해 없이 들을 것입니다. 그에 대해서는 걱정하지 마시지요."

"후우…… 어렵구료. 이 당 모가 이리 입을 못 여는 것도 처음입니다. 하핫."

운현의 설득에도 당기재가 입을 제대로 열지 못함은 어쩔
수 없었다.

"신의님, 바로 준비할까요?"

"부탁드리겠습니다."

그 침묵은 꽤나 길어졌다.

이제는 이 마을의 모든 환자를 치료하고, 다른 곳을 가기
위한 준비를 할 때까지도 이어졌으니 더 말할 게 있겠나.

'어쩔 수 없는 거지.'

그래도 기다릴 수밖에 없다.

이 상황에서는 당기재의 역할이 가면 갈수록 커질 수밖에
없으니 더더욱 기다려야 했다.

재촉을 해 봐야 일, 아니 모든 상황이 안 좋아질 뿐이었
다.

그걸 알기에 운현은 당장 다른 마을로 움직여야 함을 알
고 있음에도, 오로지 당기재의 입이 열리기만을 기다렸을 뿐
이다.

"후우……."

얼마나 기다렸을까.

한숨만을 내쉬며, 운현의 눈을 제대로 바라보지도 못하면
서 피하기만 하던 당기재의 입이 아주 어렵사리 열렸다.

대신에.

"다른 분들은 자리를 파해 주실 수 있겠습니까. 신의님만 남으셨으면 합니다. 신의님만요."

"……다들 자리를 비켜주시지요."

이 일을 처음 알려 준 운현을 제외하고는 그 누구에게도 알리고 싶지 않은 듯, 축객령을 내렸을 뿐이었다.

그로서는 인정하고 싶지 않은 진실을 인정해야 하는 터.

혹여나 이번 일에 당가의 사람이 끼어 있기라도 한다면, 악화일로를 걷다 못해 당가 자체가 무너질 수도 있음을 아는 상황.

그러니 이곳에 있는 다른 자들. 제갈소화를 필두로 하여 영철에 이르기까지.

"……이야기 잘 나누게나."

"물러나지요."

"언제고 듣기는 하겠습니다."

한마디씩의 말만을 남긴 채로 물러날 수밖에 없었다.

그때부터 이야기가 조심스레 시작되었다.

*　　　*　　　*

은밀하니 몸을 숨기고 있는 황궁 무사들까지 운현의 눈치로 모두 물러나게 되고.

별채로 사용되는 이곳은 또 운현과 당기재만이 남아서 서로가 독대만을 하고 있었다.

당기재는 그것으로도 부족한지, 별채 안 이곳저곳을 움직이면서 기감을 살리고서는 최대한 주변의 기척을 읽었다.

조심하고 또 조심하는 게 눈에 훤히 보이는 모습이다.

그것으로도 모자라.

"수면향을 뿌릴 겁니다. 주변에 오게 되면 잠들도록요. 제가 신경이 날카로워서 그러니 이해를 부탁드립니다."

"얼마든지요."

스으으으—

말 그대로 수면향을 뿌리고서 할 수 있는 한 모든 걸 차단했다.

운현은 그걸 잠자코 기다렸다.

짧다면 짧고, 길다면 긴 기다림이 있고나서야 당기재는 자신의 자리에 다시 앉아서 자리를 잡았다.

그러곤 답답한 듯 앞에 있는 차를 곡주라도 되는 듯 꿀꺽꿀꺽 삼킨다.

"크흐……."

그제야 모든 준비가 되었을까.

"이걸…… 어디서부터 말해야 하는지 모르겠소. 설명을 위해 편히 말해도 되겠소?"

"얼마든지요. 그게 대수겠습니까. 지금 이 시기에 가장 중요한 이야기가 될 텐데요."

"그렇다면야…… 오해가 없게 하기 위해서라도 최대한 자세히 말을 해 보겠소."

"경청하지요."

"당가에서만 말하는…… 이루지 못한 경지에 대한 이야기도 포함돼 있소. 조금 허황되더라도 이해해 주시길. 후, 독이라고 하는 건 말이요."

호탕한 성격을 가진 그답지 않게 아주 조심스럽게 이야기는 시작됐다.

'많은 걸 배울 수 있을 터.'

운현은 그것을 단 한 글자도 빼먹지 않으려 집중을 하기 시작하고, 이해하려 노력했다.

사천 땅.

어딘가는 풍족하기도 하지만, 또 어딘가는 풍족은커녕 가난만이 가득하게 느껴질 때가 있었다.

그러던 중. 최소의 노력으로 최대의 효과를 낼 수 있음이 무엇일까 해서 나왔던 것이 독공의 시작이었다는 설이 있다.

다른 설도 많다.

독공을 욕하는 자들은 단지 사람을 죽이기 위한 살인 기술을 기예라는 말로 좋게 포장한 것이라고 말할 뿐이었다.

하지만 당가는,

"우리는 독의 매력에 흠뻑 빠져 버렸지. 그 시작은…… 그래. 장인이나, 의술 같은 그런 다른 것들을 연구하던 것에서부터 비롯되었달까."

처음에는 독에 관한 흥미로 연구를 시작했다고 한다.

사람을 죽이고자 하는 것에서부터 시작된 건 결코 아니라고 한다.

적어도 당기재가 말하는 주장이라고 하는 건 그러했다.

'진실은 모르겠지.'

과연 그게 사실일지 아닐지는 지금 중요한 게 아니긴 했다.

저들이 살인 기술을 익히기 위해서 독을 연구하기 시작했다고 하는 게 당장 중요할 리가 있겠는가.

본심은 살인을 위한 것이라고 하는 게 지금 중요하진 않았다.

지금 중요한 건 당가는 어쨌든 정파의 오대세가로서 있으며, 자신들만의 가문을 구축했다는 것.

또한 자신들의 가문을 구축하고서는 정파인으로서의 역할을 제법 잘 해내고 있다는 게 중요했다.

설사 이번 역병의 근원에 당가의 사람 몇몇이 걸려 있다고 하더라도.

'그건 배신자. 혹은…… 뜻을 달리한 자겠지.'

당가 전체가 문제라고 할 수는 없음이다.

당가 출신이 독을 잘못 썼다고 해서 모든 당가인을 죄인 취급하는 건 지독한 '연좌제'가 될 수밖에 없음이니까!

그렇기에 운현은 바로 다음 이야기로 빠져들어 갔다.

"어쨌든 우리는 그렇게 독에 관한 연구에서부터 시작해서 무공에까지 발을 디디게 되었소. 수준이 높지는 않았으나 가전 무공도 있었으니……."

어지간히 뿌리 깊은 가문은 호신을 위한 무공들이 있음이다. 그 수준의 차이야 일단 넘어가고.

당가도 마찬가지로 무공이란 것이 있었다고 한다.

거기에 독의 연구가 더해지다 보니 자연스레 가전무공과 독을 함께 활용하는 것으로 발전을 해 나갔다 한다.

그 덕분으로 위력이 강해졌다 한다.

'독은 살인에 있어서는 효율이 최고니까.'

독과 무공을 결합하는 것만으로도 개세의 모공을 가지게 된 그런 상황이 만들어졌다고 한다.

"그때의 당가는 잠시…… 그래. 나쁘게 이야기하자면 미쳤었던 건지도 모르오. 독에 완전히!"

순수하게 시작되었던 연구가, 무공과 결합해 위력을 보이게 되고.

그 성과와 위력에 빠져든 몇몇의 당가인들은 꿈을 꾸기 시작했다고 한다.

"독을 얼마나 빠르게 흩뿌릴 수 있는가."

"암기와 섞음으로써 얼마의 위력을 보여 줄 수 있는가."

무공과 독의 결합에 관한 기초적인 물음들은 그리 어렵지도 않게 해결을 했다고 한다. 문제는.

"독인. 독 그 자체가 되는 건 어떠한가."

독에 미쳐 버린 그들은 독인을 꿈꾸기 시작했다고 한다.

독 그 자체. 세상 모든 독을 통달하게 되고, 독을 흩뿌릴 수 있는 독인이 된다면 어떻겠는가 라는 상상.

천하제일이 될 수 있다는 달콤한 상상.

그것이 독인을 꿈꾸게 하는 게 본격적인 시작이었다고 한다. 웃긴 건. 사람의 상상이란 끝이 없어서.

"독인도 결국에는 이뤘지. 수백의 가문 식솔이 희생하고 하나나, 둘 정도. 여기까지는 누구나 아는 진실이오."

독인을 뛰어 넘는 그다음의 단계를 만들고자 했다고 한다.

독인이 되어서도 천하제일인이 되지 못하니, 그에 대한 갈망은 더욱더 심해졌다고 한다.

어느새 독에 관한 순수한 연구는 천하제일이라는 목적으로 바뀌었단다.

그때부터 분야가 조금씩 나눠지고 세밀해졌다고 한다.

독에 미쳐 사는 자가 늘어버렸다고 한다.

"누군가는 천하제일의 암기로 돌아선 자도 있고, 또 누군가는 독인의 경지를 뛰어넘는 뭔가를 찾았지. 그러다 발견했소."

"무얼 말이오?"

"작은 것. 인간의 눈에 잘 보이지도 않는 것. 우리끼리는 미세혹(微細惑)이라 하는 걸 발견했지."

"……"

균인가. 세균.

전생을 한 운현은 그에 대해서 잘 알고 있지만 침묵을 했을 뿐이었다.

그 침묵을 운현이 균에 대해서 이해하지 못했다고 생각한 건지, 당기재는 설명을 더 했다.

"이 미세혹이라고 하는 걸, 사람이 마음대로 조종할 수 있다고 생각해 보시오. 그때는 정녕 천하를 중독시킬 수도, 또한 천하의 그 누구도 당해 내지 못하지 않겠소이까? 눈으로 보기도 힘들 테니까."

"……그렇겠지요."

"간단한 것이 아니오. 우리가 보기에 미세혹이란 건 신세계였소."

반박할 말은 많다.

무인들의 경우 괜히 기를 이용해서 만독불침을 이룩할 수 있는 게 아니다.

실제 만독불침은 거의 없더라도 천독불침 정도 되는 자들은 이미 있었다. 화경의 고수들. 그들은 인간의 신체를 한 번 뛰어 넘음으로써 천독불침 정도는 쉬이 되곤 한다.

그래도 절세의 독에는 당하곤 하지만, 천독불침이라는 경지를 무시를 해서는 절대 안 되었다.

그 외에도 피독주라든가 여러 방법은 많았다.

허나.

'이 시대에서부터 균이라는 것 자체를 알게 된다는 거 자체가……'

어쩌면 그가 알던 역사라는 것이 뒤틀리는 일이기도 했다.

당가가 이러한 미세혹에 관한 걸 잘 말하지 않아서, 설사 말하더라도 사람들이 잘 믿지 않아서 다행이랄까.

만약에 미세혹이라 이름 붙였지만, 운현은 균이라고 생각하는 그러한 것들이 일찍이 풀렸더라면 역사는 또 달라졌을지도 모른다. 그런 껄끄러움에 운현은 아무런 말도 못했다. 다만 경청할 뿐.

"근데 문제는 있었소. 이 미세혹이라는 것의 존재를 알아도 그걸 어찌 쉽게 조종할 수 있겠소? 독에 대한 고수들도 되려 중독되어 죽는 경우가 허다했소."

"그렇군요."

독에 관해 천하제일을 다투는 당가라 해도, 미세하다 못
해 균 단위로 관리하는 것은 힘들었다는 소리다.

'보관 자체가 힘들었겠지.'

독에 관한 연구가 깊다 못해서 시대를 초월한 당가라지
만, 결국 그들이 다루는 기구들, 관리를 위한 방법들이 그
수준을 따라잡지 못했다는 소리다.

"그래도 당가의 사람 중 일부는 그럼에도 계속해서 꿈을
꿨지. 아니, 그럴 수밖에 없었소. 그때는 부끄럽게도 당가 자
체가 답보의 상태였으니까. 뭐 지금은 아니오. 다른 식으로
또 찾은 경지가 있으니."

"그렇군요."

잠시지만 당기재의 얼굴에서는 당가에 대한 자부심이 엿
보였다.

미세혹이 아닌 다른 어떤 방법을 찾아 발전을 해 나간 듯
했다.

'충분히 자랑스러워 할 만해.'

미세혹이라고 하며 균의 존재를 알아낸 것만으로도 대단
한데, 그와 다른 방식을 또 찾다니.

어떤 것인지는 몰라도 대단한 일이다.

"누구나 알 만한 것이기는 하오, 독 그 자체를 기로 이용하는 방법을 알았다는 이야기니까. 문제는 다른 데 있었소."

"다른 데라 함은?"

"여기서부터가 중요하오. 당가가 새로운 독의 경지를 찾아서 기뻐할 때, 모두가 기뻐한 것은 아니었소."

"설마? 분란이 일어난 겁니까?"

"아까 말했지 않소. 독에 관한 연구가 깊어질수록 여러 가지로 연구 방법이 달라지기 시작했다고. 같은 당가라도 나뉘긴 한 거지."

"흠……."

새로운 방법엔 항상 저항이 따른다. 그게 무슨 일이든 간에 그러하다.

당가도 그런 일이 있었던 듯하다.

미세혹을 넘어서는 어떤 새로운 경지가 나왔으나, 미세혹에 평생을 바친 자들은 그것을 인정하기 싫었을지도 모른다.

'이해는 간다.'

상황은 이해가 간다. 문제는 그다음.

"그때 당가는…… 일부가 나뉘었소. 그게 몇 세대 전이고, 그때의 무림에서는 꽤나 떠들썩한 일이었지. 지금에야 몇몇 인사밖에 모르는 일이지만……."

"하…… 그렇다면 설마."

"그때의 그 사람들이 새로운 방안을 찾아낸 것일 수도 있고. 어쩌면 그들의 연구가 다른 이에게 넘어간 걸 수도 있지. 그도 아니면 세월이 흘렀으니 전혀 다른 자가 찾았을 수도 있소."

당기재는 몇 가지의 경우를 말했다.

당가에서 몇 세대 전에 분파된 자들. 혹은 새로운 어떤 이가 미세혹과 같은 걸 연구하는 경우.

그런 여러 가지 경우를 말했다.

그 말들 모두가 나름 타당했다.

또한 당기재로서는 당연히 조심스럽게 이야기할 만한 일이기도 했다. 몇 세대 전의 일이지만 현재의 당가에도 피해가 갈 수 있는 일이었기 때문이다.

어렵사리 인정한 당기재. 그는 모든 걸 말했다. 그러곤.

"자, 이제 내가 할 수 있는 이야기는 다 했소. 그래, 이제 여기서부터 신의께서는 어찌했으면 좋겠소이까?"

되려 물어 왔다.

〈다음 권에 계속〉

ORIENTAL FANTASY STORY & ADVENTURE

이대성 신무협 장편소설

사자왕

NAVER 웹소설 최고 인기 무협 『수라왕』
그 전대(前代)의 이야기!

'마왕' 과의 계약으로 힘을 얻은 소년, 공손천기.
잔혹한 운명을 이겨 내기 위한 그의 행보가 펼쳐진다.

dream books
드림북스

양인산 신무협 장편소설
ORIENTAL FANTASYSTORY & ADVENTURE

장인전생

이름 없는 대장간 대장장이에서
천하제일의 명장이 되는 그 날까지.

보아라! 이것이 바로 진정한 명장(名匠)이다!